約會大作戰　安可短篇集 10

DATE A LIVE ENCORE 10

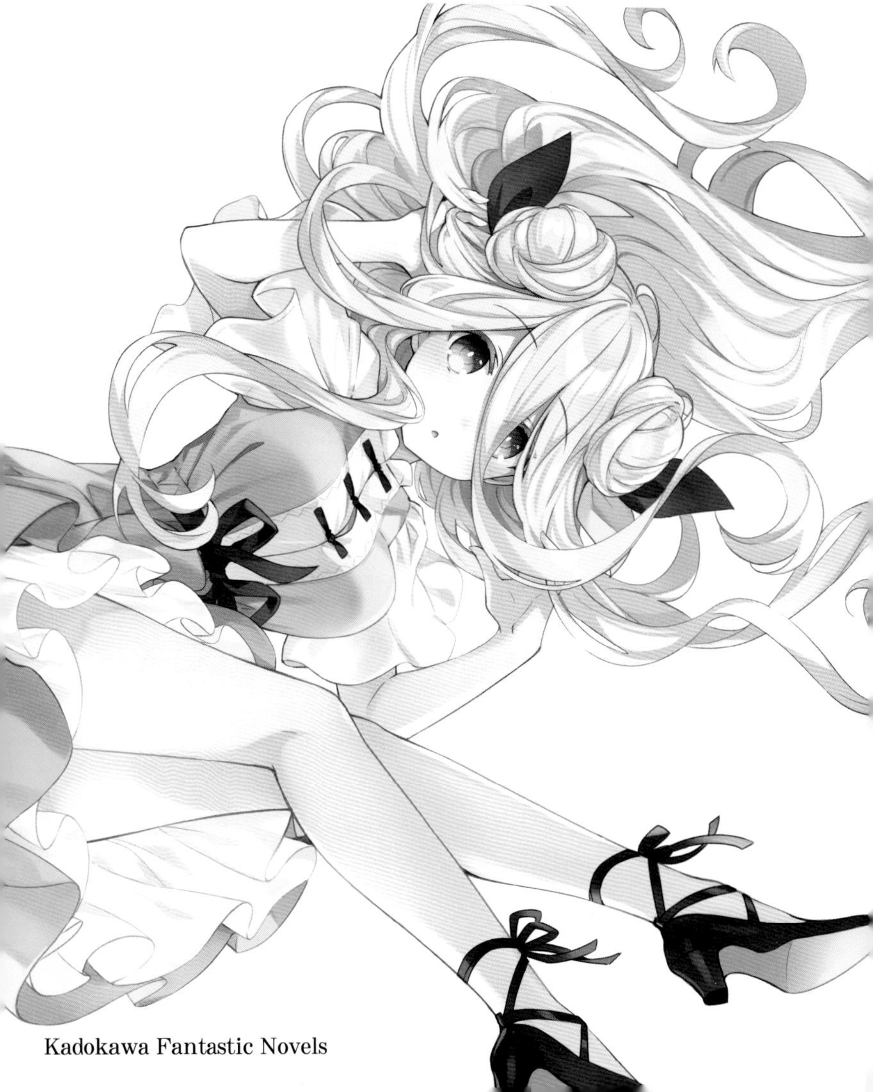

Kadokawa Fantastic Novels

【約會大幕後　case-1　動畫】

「這次來回顧一下動畫版《約會大作戰DATE A LIVEⅢ》。大家引頸期盼的動畫第三季，主要是在講我和士道的故事，各位看了嗎？」

「折紙，妳幹嘛突然提這個？」

折紙冷不防說出這番話，讓十香不禁皺起眉頭。

於是，折紙一記手刀就往十香的腦袋劈下去。

「好痛！妳、妳幹嘛啦……」

十香眨了眨眼。不知為何，好像能聽懂折紙在講什麼。

「動畫……聽妳這麼一說，感覺好像是有這麼一回事……？」

「沒錯。第三季中有什麼令妳印象深刻的場景嗎？」

「唔，我想想喔。應該是我跟士道約會——」

「順便說一下，我印象深刻的是在第十一話，我跟士道接吻的那一幕。實在是太好看了，我錄下來看了好幾次，還設成智慧型手機的待機畫面，並且把士道那句臺詞『我需要妳』設為來電鈴聲。我下次想在影音平臺上打廣告。」

「妳想幹嘛啊！話說，是妳問我問題的耶，起碼聽完我的回答吧！」

十香忍不住大叫出聲，然而折紙滿不在乎地繼續說：

「——回想起來，妳是從第三季開始叫我『折紙』

的呢。」

「唔……」

聽折紙這麼一說，十香感慨萬千地點頭。

「……是啊。妳也是從這時候開始叫我『十香』的吧。」

「沒錯。從這時起，我跟妳的關係有很大的轉變——以前我認定精靈是邪惡之物，傷害了妳。我想再次跟妳道歉。」

「折紙……」

十香勾起嘴角微微一笑後，搖搖頭。

「別放在心上。而且，正因為有那一次經驗，我現在才能交到妳這麼棒的朋友。」

「——十香。」

「我也是，不知道害妳受了多少次傷。抱歉。」

「這我可就無法原諒妳了。」

「……嗯？」

「竟然讓少女柔嫩的肌膚受傷，太過分了。所以，我要懲罰妳以後跟士道見面時，必須戴上我的面具。」

「依照剛才的走向，不是應該要和好嗎？而且，那是什麼鬼懲罰啊——」

就在此時，不知從何處傳來奇怪的聲音。

——我需要妳！——我需要妳！——我需要——

「等一下，有人打電話給我。」

「妳還真的設成來電鈴聲喔！」

能吐槽的點太多，十香來不及消化，只能發出變調的聲音。

【約會大幕後　case-2　本篇】

「——所以，繼續回顧一下第四季動畫吧～哎呀～不過還真是令人吃驚呢～沒想到後半段我跟少年竟然合作畫起漫畫了……」

二亞感慨萬千地盤起胳膊，點頭說道。十香和六喰聞言，疑惑地皺眉。

「等一下，二亞，第四季還沒播吧！」

「唔嗯。妳可別誘惑郎君步上修羅之道！」

兩人如此說完，二亞便故意咂了嘴。

「嘖！竟然被妳們看穿了！可惡～我本來想說可以趁機弄假成真喵～～」

二亞嘟起嘴，改變話題接著說：

「那麼，來回顧一下本篇吧。妳們兩個回想一下，有沒有讓妳們覺得遺憾的事？」

被二亞這麼一問，十香和六喰動腦思考。

「和士道以及大家度過的一切都是快樂的回憶。當然也有難過的事，但正因為經歷過那些事，才導致現在這樣的結局，我並不後悔。」

「唔嗯，妾身亦同。多虧郎君和各位的幫助，妾身才能站在此處，還與姊姊重逢，妾身已別無所求。」

聽見兩人的回答，二亞緊閉雙眼。

「好、好刺眼……兩人純粹得令我睜不開眼睛……！」

二亞扭動身軀一陣子後，聳肩繼續說：

「……嗯～我是同意只要結局好就一切都好～～

可是我跟小六後面才登場，就戲份來說感覺很吃虧耶。跟第二季動畫的人相比，周邊商品也很少～～』

「唔、唔嗯……？」

二亞徵求同意般說道，六喰聽了歪過頭表示不解。

『我是說！』二亞將臉湊近六喰，接著說：

『改變登場順序啦，登場順序。像是如果我跟小六在開頭就成為夥伴的話！』

『順序……？』

『唔嗯，如此一來會如何呢……？』

十香與六喰交抱雙臂，開始在腦海中想像。

（妳說什麼？擁有變身能力的精靈變成我們當中的某個人？好～～交給我吧。鏘鏘鏘鏘～～囁～～告～～A～～夢～～——搜尋完畢！我知道了，精靈變身的就是～～）

（唔嗯。妳說失控的四糸乃就位於那冰風暴結界之中嗎——【開（Rataibu）】。好了，郎君，通過這個『洞孔』，安全地前往四糸乃身邊吧。）

『雖然搞不太清楚，感覺會毀掉很多劇情耶！』

腦海裡浮現的想像令十香不禁大叫出聲。

【約會大幕後 case-3 新生活】
「……喝！」
「唔嗯……！」
十香與六喰同時睜開眼。
望向四周，狂三與琴里也在。狂三一身淑女打扮，琴里則是穿著和六喰一樣的制服。看來她們正一起走在路上。
「怎麼了？」
狂三瞇起左右顏色相同的眼睛問道。十香思考片刻後，開口回答：
「沒有啦……我作了一個奇怪的夢。夢裡折紙和二亞在說什麼動畫的事……」
於是，六喰也一臉困惑地點點頭。
「唔嗯。妾身似乎亦作了類似的夢，只是妾身的夢裡沒有折紙……」
「哎呀哎呀，妳們累了嗎？」
「話說，妳們剛才睡著了嗎？竟然能邊走邊睡，太厲害了～」
狂三與琴里笑著說道。十香與六喰對看了一瞬，然後輕聲嘆息。
再次認知自己這群人目前的狀況。
沒錯。十香與狂三應該正在前往大學的路上，而琴里與六喰正前往高中。
「話說回來，動畫啊～～二亞就算了，竟然連折紙都說出那種話嗎？」

琴里說完，十香用力地點頭。
「嗯。以我們的故事被製作成動畫為前提聊的。」
「唔嗯。第三季已經播完，也決定製作第四季。而且，還有以狂三為主角的外傳。」
「哎呀、哎呀。」
狂三掩嘴，覺得有趣似的微笑。
「那真是我的榮幸呢……不過，可不能一直說夢話喔。來，快點走吧，不然——」
「唔……唔嗯，說得對。差不多——」
「——要開始拍攝了。」
「……唔？拍攝？」
「是啊。真人版連續劇。」
「真人版……」
「連續劇？」
聽見狂三說的話，十香與六喰歪了歪頭。
「沒錯沒錯。其他人已經到現場了。」
「話說回來，精靈時代的故事很難拍呢。左眼必須戴上時鐘圖案的彩色隱形眼鏡才行。」
「就是說呀～～我也已經上高中了，身高跟體型都跟國中時期不一樣了耶～～……」
「我是覺得琴里妳完全沒問題。」
「妳這是什麼意思！我可是在發育期耶！」
「……」
「……」
十香與六喰看著狂三與琴里的背影，面面相覷並捏了彼此的臉頰。

DATE A LIVE ENCORE 10

FriendKURUMI, PresidentTOHKA, AgainMANA, CampingSPIRIT, WerewolfSPIRIT, AfterTOHKA

CONTENTS

朋友**狂三**
013

總裁**十香**
059

重逢**真那**
099

精靈露營趣
139

精靈狼人殺
181

日後**十香**
229

後記
278

約會大作戰

安可短篇集 10

橘 公司
Koushi Tachibana

Kadokawa Fantastic Novels

彩頁／內文插畫　つなこ

安可短篇集 10

DATE A LIVE ENCORE 10

SpiritNo.6
Height 148 Three size B91/W60/H88

朋友狂三

FriendKURUMI

DATE A LIVE ENCORE 10

身高與自己差不多，體格偏瘦。

一頭栗子色的頭髮紮成三股辮，笑的時候會露出小虎牙。

個性和藹可親，不過有點頑固。喝紅茶會加一顆方糖。住在郊外的獨棟住宅，養了一隻貓，叫作栗子。

奇妙的是，自己在學校和放學後都經常與她玩在一起。和她聊天，心情感覺很踏實——

如果向時崎狂三問起山打紗和這名少女，她肯定會如此回答——前提是，狂三願意老實回答企圖問出好友情報的可疑人物就是了。

實際上，狂三有信心自己是除了紗和的家人外最了解她的人。不對，唯獨一件事，狂三甚至敢說自己是這世上最了解她的人吧。

因為這個世界上只有狂三知道「她的死因」——

「——三、狂三。」

「……！」

狂三聽見有人呼喚她的名字，肩膀微微一顫，瀏海跟著輕輕晃動，遮住的左眼若隱若現。

狂三一邊整理瀏海，一邊抬起不知不覺低下的臉龐。教室的光景與坐在對面的山打紗和映入眼簾。

「真是的，妳是怎麼了呀，狂三？竟然在發呆。」

「噢——沒有啦，昨天有點晚睡。」

「是嗎？啊，妳又在看動物的影片了吧？」

紗和說完笑了笑，虎牙從她的脣間微微露出。

狂三沒有肯定也沒有否定，對紗和回以一個未置可否的表情後輕聲嘆息。

時間是十二點三十分，午休時間的教室裡充滿了正在吃午餐的學生們的喧鬧聲。狂三與紗和也不例外，把兩張桌子併在一起，攤開便當盒。

隨處可見的風景，習以為常的光景，你來我往的對話沒有什麼深刻的意思，舉止動作也沒有什麼特殊的意義。不過是一成不變的日常生活中的一頁所累積而成的平凡景色。

——但是，狂三發現了。只有狂三明白，擴展在眼前的光景有多麼異常，多麼充滿奇蹟。

因為在她眼前笑著的朋友——早已喪命。

「…………」

不對。狂三突然垂下雙眼，輕輕搖了搖頭。

這麼形容雖然沒錯，但也不恰當，是不肯正視自己犯下的罪孽的「逃避」之舉。

狂三再次睜開眼睛後，目不轉睛地盯著紗和的臉。

——盯著那個被自己殺死的朋友的臉。

沒錯。昔日剛變成精靈時，狂三殺害了她。

話雖如此，狂三並不恨紗和，也不是因為失手或意外才殺了她。

狂三是將被初始精靈變成怪物的紗和視為「敵人」，朝她的身體開槍。

這是狂三與初始精靈結下長久孽緣的起點，也是復仇之旅的開端。

就算說狂三試圖利用〈刻刻帝(Zafkiel)〉的力量返回過去，將一切抹消的目的正是源自這件事也不為過。

——而如今，她瘋狂渴望的「日常」就在她的眼前上演。

「——紗和。」

「我在，叫我有什麼事嗎，狂三？」

「呵呵，只是叫叫看而已。」

「咦咦……這是什麼意思呀……妳可不能對其他人這麼做喔，絕對會讓別人誤會的。」

紗和瞇起眼睛，臉頰流下汗水。她那逗趣的表情令狂三莫名覺得懷念，因此呵呵微笑。

沒錯。一切都隨著與初始精靈澪的一戰劃下句點。

澪死後，過去死亡的紗和以及狂三為了目的所「吃掉」的人們，都因為她靈魂結晶的力量死而復生。

此後精靈們和睦地生活在一起，據說連真那受到魔力處理而千瘡百孔的身體也完全治好了。

結局美好得令人難以置信，一切圓滿收場。理想世界如今就呈現在狂三眼前。

「對了，狂三，關於那件事……」

就在這時，紗和想起什麼似的豎起手指。狂三微微歪過頭。

「那件事？」

「就是社團啦，社團。我們不是說好要去參觀嗎？今天放學後去怎麼樣？」

「喔喔——」

狂三恍然大悟般點了點頭。說到這裡，之前好像有談論過這件事。

紗和的確因為靈魂結晶的力量死而復生，不過時代已經來到當時的二十幾年後，一切——無法完全如初。

因此，紗和也透過虛構的支援團體受到〈拉塔托斯克〉的庇護，在來禪高中上學。用的藉口是——紗和罹患當時醫療技術難以治療的疾病，所以冷凍起來，等待找出治療法。外貌與當時無異的狂三也設定成受到了同樣的處置。

紗和起初還感到有些困惑，後來便逐漸習慣現在的生活，甚至向狂三提議：「機會難得，要

不要參加社團？」

「好呀，無所謂。妳有想參加什麼社團嗎？」

狂三說完，紗和便大幅度地點頭，從書包裡拿出記事本。

「有啊。我查了幾個社團，像是文藝社、美術社──還有這個貓科動物研究會，好像很有意思呢。」

「…………！」

狂三聽了紗和說的話，眉尾抽動了一下。

「啊，妳果然對貓科動物研究會有興趣嗎？」

「不，沒有，才沒有那回事……」

「咦，是嗎？那今天就去參觀文藝社好了。」

「…………」

「呵呵，我開玩笑的啦。別一副垂頭喪氣的模樣好嗎？」

紗和笑道。狂三摸了摸臉頰，心想：自己有擺出那麼明顯的表情嗎？

於是，紗和加深了臉上的笑意。

「啊，果然被我說中了嗎？」

「……！紗和，妳！」

「啊哈哈，抱歉。忍不住想逗妳一下。」

說完，紗和微微低頭道歉。

狂三氣呼呼地鼓起臉頰，隨後又感到懷念而嘆息。

——啊啊，沒錯。她以前經常這樣捉弄自己。

狂三再次理解到自己所渴求的日常已然恢復，嘴角不禁上揚。

◇

當天放學後，狂三與紗和一起來到社辦大樓。

平常顯得更加熱鬧的場所，如今卻飄散著較為冷清的空氣。時值三月，也難怪如此。主要的活動和集會大多已經辦完，接下來要迎接的只有結業典禮。沒想到會有人在這種時候想參觀社團吧。

「是這裡嗎……？」

不久，狂三與紗和來到掛著寫了「貓科動物研究會」的看板的社辦前。門上貼著手繪的貓咪和肉球的插畫，營造出獨特的氛圍。不知為何，貓咪的插畫還戴了眼罩。

「…………」

「怎麼了，狂三？」

「……不，沒什麼。」

紗和詢問後，狂三輕輕搖頭回答。

……感覺怪怪的，有種不祥的預感，肯定是自己多心了吧。狂三如此說服自己，敲了敲「貓科動物研究會」的門。

「不好意思，我們想參觀社團活動——」

狂三打開門後，整個人僵在原地。

因為——

「哎呀。」

「哎呀。」

「哎呀。」

「哎呀。」

當她打開社辦門的那一瞬間，四名與她長得一模一樣的少女發出和她完全相同的聲音如此說道。

沒錯。她們正是用狂三的天使〈刻刻帝〉其中的【八之彈(Het)】所產生的，重現她過去姿態的分身。

不，說得更正確一點，並非全部都和狂三一樣。

四名分身分別以醫用眼罩、滲血的繃帶、綴有荷葉邊的護眼貼，以及刀鐔風眼罩遮住左眼。

她們都穿著高中制服，但有的內搭穿得不一樣，有的則是從袖子跟衣襬露出荷葉邊。

沒錯，她們正是狂三分身中特別麻煩的四人——自稱「狂三四天王」的個體。

「妳、妳們怎麼會在這裡——」

「——哇！」

當狂三戰慄得大喊時，疑似越過狂三的肩膀偷看社辦內部的紗和發出驚訝的聲音。

「有好多狂三……！這、這是怎麼回事啊……」

「……！」

狂三赫然屏住呼吸。

——被看見了。認知到這一點的同時，狂三快速動腦思考。既然被紗和看見分身的臉，就很難用「看錯」這個藉口敷衍過去，但是坦白說明實情更是下下策。如果紗和只是認為狂三說了什麼奇怪的話倒還好，絕對要避免她因為這件事想起精靈的事或過去的記憶。

換算成時間是二點五秒。狂三經過壓縮至極限的思考後，拍了手。

「哎呀！真是好久不見了！我不知道妳們竟然成立了這種社團呢！」

然後裝作一副壓根兒沒發生什麼怪事的樣子，如此高聲說道。

狂三轉過身，張開雙手介紹社辦內的分身們。

「紗和，跟妳介紹一下。

——她們是我的大堂妹、二堂妹、三堂妹和四堂妹。」

「…………咦？」

聽見狂三說的話，紗和吃驚得瞪大雙眼。

「……對吧？」

狂三回頭望向後方，給了一個凶狠的眼神。

「「——」」

分身們也是「狂三」，很快就領悟了。她們四目交接後立刻誇張地點頭承認：

「是的、是的。初次見面，我是……呃，時崎眼三。」

「我是時崎包三，多謝妳平時照顧『我』……不對，照顧狂三姊姊。」

「妳就是山打紗和吧。久仰大名了，我是時崎甘三。」

「那麼我是……時崎和三，今後請多指教。」

眼罩狂三、繃帶狂三、甜美蘿莉與和風哥德狂三輪流打招呼。

紗和有些呆愣地看著這一幕，不久才肩膀一顫，回過神來。

「嚇我一跳……狂三，原來妳有四個跟妳同一個模子刻出來的堂妹啊。」

「是、是啊……」

狂三臉頰流下汗水，點頭回答。雖然是臨時想出來的藉口，看來紗和姑且相信了。哎，如果沒有精靈與天使的知識，也不會冒出分身這種想法，因此只能這樣解釋就是了。

於是，四天王「嗯、嗯」地點頭補充：

「是的、是的。」

「連我自己都覺得很像。」

「經常被誤以為是五胞胎呢。」

「所謂的五等分時崎，就是指我們。」

「……不要多嘴。」

狂三瞇起眼睛，小聲警告四名分身。

「話說，妳們在這種地方做什麼？」

「做什麼？如妳所見，這裡是貓科動物研究會呀。」

「是的。主要的活動內容是觀察野貓。」

「問題全部解決，圓滿收場。」

「既然如此，我們也想享受一下校園生活。」

「…………」

狂三聽了分身們的回答，將手抵在額頭上嘆了一口氣。

雖說是偶發事件，狂三的目的確實隨著澪的消滅而全部達成。對分身而言，就像是公司突然倒閉，失業了吧。

分身的壽命與誕生時所耗費的「時間」長短成正比。雖然是過去的自己，但也不會改變她們曾是為自己賣命的同志這項事實，所以狂三允許她們自由度過剩下的時間。

——可是，她萬萬沒想到會有個體思慮不周，偏偏來到同一所學校，而且還是四個人。若是不知情的人看見，這畫面肯定有點驚悚。

就在這時，紗和像是察覺到什麼，歪過頭說：

「對了，妳們是狂三的大堂妹、二堂妹、三堂妹和四堂妹……對吧？那妳們究竟是幾歲呢？我跟狂三因為要治病，冷凍睡眠了二十年以上……」

「……！」

紗和說完，狂三屏住呼吸。也難怪她會有這個疑問。沒想到為了保持一致性而說的藉口，竟然會在這裡出現紕漏。

「其、其實這四個人也因為罹患相同的疾病，接受同樣的處置。」

「咦！是這樣嗎？」

「是的。我們家族似乎很容易遺傳那種疾病……」

狂三說著牽強的藉口，整個背已濕成一片……之後得找〈拉塔托斯克〉商量，讓他們補足這方面的詳細設定比較好。

就在這時，狂三的背感受到惱人的視線。一看，原來是四天王在那裡眉開眼笑。

「……笑什麼？」

「沒有呀，狂三姊姊說得沒錯。」

眼罩狂三假惺惺地聳了聳肩。

於是，紗和再次歪頭提問：

「可是，既然知道這麼私密的事，卻說『好久不見』……狂三，妳在醒來後沒有跟她們見面嗎？好像也不知道她們在這個社團……」

「這、這個嘛……」

當狂三思考著下一個藉口時，背後的四天王突然幫腔說道：

「沒有沒有，是我們不好，沒有通知她我們在這個社團。」

「我們可不是討厭她喔……」

「畢竟她有些自我中心嘛。不聽她的話，馬上就會生氣。」

「而且，是叫作黑歷史嗎？狂三姊姊以前非常難伺候，現在個性也還有點彆扭……老實說，我們不太想跟她打交道。」

「唔……！」

這哪是幫腔。狂三皺起眉頭，板著一張臉。

看來四天王是從狂三的反應察覺到她在紗和面前不敢太囂張，便大吐怨氣。

狂三保持笑容面向四天王後，不發出聲音地一張一合動著嘴。

——妳、們、給、我、記、住。

於是，四天王大概是發現玩笑開過頭了，便移開視線，臉上浮現乾笑。

「唉……真是的——紗和，妳也看到了吧。如果要參加社團，不如選其他社團吧。」

「咦？這樣好嗎？妳堂妹都在耶。」

「我才不想跟她們扯上關係呢。野貓我平常就在觀察了，沒必要特地參加社團。去妳家摸栗子還比較好呢。總之，今天我們就先回去吧。」

「這、這樣啊……」

要是再讓紗和跟四天王攪和在一起，不知道她們還會怎麼詆毀自己。狂三推著回答含糊的紗和的背，打算離開社辦。

然而——就在此時，有人拉住她的制服衣角。

「做什麼？阻止我也沒用——」

狂三一邊說一邊厭煩地回過頭——終於領悟到自己的失策。

所謂的分身，就是指重現狂三過去的個體。

雖然每個階段有各自沉迷的事物，但基本上喜好都一樣。

那就是——

「妳說……栗子嗎？」

四天王全都非常喜歡山打家的栗子。

過了約二十分鐘，狂三一臉憂愁地走在通學路上。

紗和走在她身邊，而她們的後方可以看見發出歡笑喧鬧聲的四天王的身影。

沒錯。在那之後，四天王開始異口同聲地吵著要看栗子。紗和苦笑著答應後，大家便動身前往紗和家。

順帶一提，當狂三還是人類時，紗和家養的貓咪栗子早已壽終正寢，現在也因為澪的靈魂結晶死而復生。不過，當然不能告訴紗和這個事實，只好找藉口說現在的貓是當時栗子的孫子，栗子三世。

「——話說回來，是叫栗子嗎？」

「好久不見……不對，以前聽狂三姊姊提過。」

「是的、是的，所以一直很想看看牠。好期待啊。」

「不過，大家一起摸栗子的話，牠會很累。所以要輪流摸喔。」

四天王雀躍地說著上述的對話。狂三嘆了一大口氣，瞥了後方一眼。

「……既然紗和都答應了，我也不好再說些什麼。但是妳們一定要守分寸喔——眼三、包三、甘三、和三。」

狂三說完，四天王頓時露出「妳在說誰啊？」的表情，隨後才像是想起剛才自己取的假名，點頭回答：

「是的、是的，那是當然。」

「交給甘三我吧。」

「…………」

感覺超級不安的。狂三再次嘆了一口氣。

紗和見狀，「啊哈哈」地笑道：

「妳們也很喜歡貓呢。不愧是狂三的親戚。」

「哎呀、哎呀，狂三姊姊那麼喜歡栗子嗎？」

和風哥德狂三興味盎然地詢問後，紗和便笑著點頭說：

「是啊，以前幾乎天天來我家跟栗子玩。不過，狂三她總是不好意思直說想跟栗子玩，每次都找不同理由，像是『要不要一起讀書？』或是『我買了上等的茶葉』之類，明明都自備跟貓咪玩的球和逗貓棒了。」

「紗、紗和……！」

狂三紅著臉頰想阻止紗和說下去，結果紗和一臉愉悅，更加深了臉上的笑意。

……不對，照理說分身們應該也有這些記憶，只是像這樣被人說出來，感覺莫名難為情。

大夥兒聊著這樣的話題，不知不覺便抵達了紗和家。

那是盡可能重現當時紗和家的西式風格獨棟建築。壯麗的藍色屋頂、高高的圍牆，庭院中還可看見修整完善的小型玫瑰花圃。

紗和熟門熟路地通過庭院，打開門鎖進屋後，擺出五雙客人用的拖鞋。

「請進。」

「謝謝，真是準備周到。」

「那我們就打擾了。」

「…………」

一行人在紗和的催促下脫下鞋子，換上室內拖。這時，紗和一臉疑惑地歪頭說道：

「奇怪，平常玄關有聲音時，牠都會跑過來察看耶——栗子～～？」

即使紗和呼喚，家中依然靜謐無聲。

「哎呀、哎呀。」

「沒有來呢。」

「真是奇怪……」

紗和百思不解地皺起眉頭，走過走廊，拾級而上。狂三等人也跟著走上二樓。

於是——

「啊……」

走到二樓的盡頭——一進入寢室，紗和便瞪大了雙眼。

一行人馬上就得知了理由。因為寢室的窗戶被風吹動，發出「嘰嘰」聲。而且，窗簾上還有疑似貓咪撲過去留下的小抓痕和脫落的貓毛。看來栗子是從忘記上鎖的窗戶逃跑了。

「不會吧，難不成栗子牠從這裡……」

紗和跑向窗戶後探出身子，環顧四周。

不過，當然並沒有看見栗子的身影。她嘆了一口氣，面向狂三一行人。

「不好意思……牠好像跑掉了。真是的，三世果然也繼承了栗子的血脈……」

紗和胡亂搔了搔頭說道。說起來，栗子非常淘氣，以前也常常溜出去。

「哎呀哎呀……真是可惜呀。沒辦法，今天就——」

狂三說到這裡，突然停頓。因為四天王全都苦著一張臉。

「……嗯，逃走了嗎？偏偏在這個地區。」

「身為貓科動物研究會的成員，建議妳盡快找到牠為妙。」

眼罩狂三和繃帶狂三將手抵在下巴，低吟道。

「咦？我想牠肚子餓了就會自己回來……第一代栗子也是這樣。」

紗和瞪大眼睛回答後，甜美蘿莉狂三像在回應她似的接著說：

「其實這一帶有兩大幫野貓爭地盤爭得非常凶。」

「兩大幫……」

「野貓。」

狂三與紗和目瞪口呆地說完，和風哥德狂三便點頭回答：

「沒錯。雙方是以武鬥派聞名的『三里尾會（Sanrio）』和『不死虎幫（Fujiko）』。要是不知道屬於哪邊的家貓在牠們的地盤大搖大擺地走動……結果不難想像。」

「三里尾會（Sanrio）。」

「不死虎幫（Fujiko）。」

……感覺這兩幫野貓的名字莫名令人在意，但聽起來栗子有危險了。狂三用制服袖子擦拭臉頰流下的汗水，轉身面向紗和。

紗和似乎也在同樣的時間點想著相同的事，她與狂三四目相交的同時點頭說道：

「狂三……！」

「了解。」

兩人互相頷首後直接來到一樓，穿上鞋子，走出家門。

「那麼，紗和妳往去上學的路上找。我找到的話會立刻打電話通知妳。」

「好的，麻煩妳了。」

紗和微微低頭回應，奔馳離去。

等到紗和的背影漸漸消失後，狂三轉身面向站在她背後的分身們。

「好了，紗和已經去找了——這下子就能『認真』尋找栗子了。」

狂三並沒有想隨便找找的意思。既然栗子有危險，她當然想盡早找到牠。

——只是，狂三的手段大多是不能展示給紗和看的。

於是，分身們點頭說道：「是的、是的。」表示同意狂三說的話。

「『我們』出手，找一隻貓根本是輕而易舉的事。」

「是啊——不過，這樣就沒什麼意思了。」

「……什麼？」

狂三皺起眉頭，分身們便勾起嘴角接著說：

「這樣正好，要不要來比誰先找到栗子？」

「嗯，好呀。最先找到栗子的『我』，就能得到第一個撫摸牠的權利……妳們覺得如何？」

四天王開始自顧自地熱烈討論起來。狂三盤起胳膊，嘆了一口氣。

「……『我們』？」

「哎呀，有什麼關係嘛。」

「我們又不是想偷懶。」

「就是說呀。用競爭的形式，搞不好能提高效率喲。」

「還是說……難道『我』沒有信心獲勝？」

「…………」

聽到這明顯的挑釁，狂三眉尾抽動了一下。

「……我可沒那麼說，妳們真的要這麼做？」

狂三瞇起眼睛說道，四天王便同時首肯：

「是的、是的。」

「那麼，時間不多了，我們開始吧。」

「開始尋找栗子！」

甜美蘿莉狂三宣布比賽開始。於是，四天王立刻在雙腳施力，朝地面一蹬，準備出發。

然而——

「——〈囁告篇帙〉。」

狂三簡短地喊出此名，虛空中顯現出一本書後，四天王直接誇張地摔一跤。

「哎呀，妳們這是怎麼啦？小心一點比較好喲。」

狂三裝腔作勢地說著，一邊舉起釋放出朦朧光芒的書本。

那是狂三在先前的戰役中，從DEM的艾薩克．威斯考特那裡搶來的書籍天使——〈囁告篇帙〉。

它的能力是「無所不知」。只要用手指在書的紙面上描繪，宿主便能「得知」所有資訊。

不管是大國的國家機密……

被埋葬於黑暗之中的真相……

——抑或是，逃出家裡的貓咪所在處。

競爭根本毫無意義，因為打從一開始就已經決定勝者是誰了。

「太、太卑鄙了，『我』！」

「就是說呀！這樣不公平！」

撐起身子的四天王紛紛提出抗議。不過，狂三並未搭理她們，只是滿不在乎地聳聳肩。

「『我們』說的話可真奇怪。我們的目的應該是盡快找到栗子——還是說，妳們捨不得出力，導致搜尋緩慢，讓栗子受傷也無所謂？」

「唔唔……」

「說得沒錯，正確得令人火大……」

四天王一臉不甘心地咬牙切齒。狂三覺得自己報了今天被大肆捉弄的仇，冷哼了一聲。

「好了──」

然後一邊集中意識，輕撫〈囁告篇帙〉的紙面。於是，〈囁告篇帙〉的紙面隨著狂三的手指劃過的軌跡散發出光芒，大量資訊排山倒海地流進狂三的腦海。

「──找到了。地址是西天宮二丁目三十五號，好像是一處郊外的廢棄屋……哎呀哎呀，跑到那種地方，通常是找不到的吧。」

「「……！」」

狂三說完，四天王突然皺起眉頭。

「……？怎麼了？」

「妳剛才說西天宮二丁目三十五號的廢棄屋？」

「是啊，沒錯。」

狂三首肯，眼罩狂三當場屈膝，將手伸進自己的影子中。接著做出在裡面摸索的動作，拿出一本寫著「貓科動物研究會．機密報告」的筆記本。

「……希望妳別把東西放在影子裡面。」

即使狂三這麼說，眼罩狂三也絲毫不在意，開始翻閱筆記本。

「果然沒錯。那個地方——是『三里尾會』的大本營！」

「——妳說什麼？」

狂三聽了眼罩狂三說的話，露出銳利的視線。

「是被抓住了嗎？還是偶然迷路闖進去的——無論如何都不能放著不管。快去救牠吧。」

「等一下，『我』。」

不過，正當狂三想前往目的地時，繃帶狂三與甜美蘿莉狂三開口說道：

「『三里尾會』的大本營瓦礫重重，只有貓才鑽得進去。我們也去過幾次，頂多只能在遠處觀察而已。」

「是的、是的。當然，搬開瓦礫可能有辦法闖進去……但我想避免破壞貓咪的窩。」

於是，和風哥德狂三對她們皺眉說道：

「『我』，這話說得就不對了。難道栗子受傷就無所謂嗎？」

「我可沒那麼說。只是，必須避免因為人類的介入而改變附近野貓的環境，不然很有可能導致受傷的貓增加。」

「妳說得是沒錯啦……！」

分身們開始爭論起來。雖說大家都是「狂三」，但因為截取的時期不同，思考方式有著些微差異，有時候會像這樣展開脣槍舌戰。

不過，現在時間寶貴。狂三出聲制止雙方：

「——不然這樣吧。『我們』先去目的地等待，等栗子有危險時再救牠出來。」

「……『我』打算怎麼做？」

聽見狂三下達的指示，眼罩狂三提出疑問。狂三舔了一下嘴脣回答：

「——只要避免人類介入就可以了吧？那麼，我有一個想法。」

◇

「……嗚哇，真的假的？剛才打中了嗎？不會吧～～」

精靈公寓頂樓最角落的房間。

精靈七罪正對著電腦自言自語。

螢幕顯示的畫面是廣大的草原與持槍的主角背影，也就是所謂的TPS（第三人稱射擊遊戲）。她今天沒什麼安排，打算玩線上遊戲對戰直到晚餐時間。

「啊！可惡，煩耶。真是的，完全打不中……」

「——啊啊，妳這樣不行啦，七罪。照妳這種瞄準方式，能射中的也會變成射不中。」

「哎呀，妳這樣跟我說，我也沒辦法啊……我有瞄準，可是手還是會抖……」

「只要活著，人類的身體就無法完全靜止，所以不用硬是克制自己不要晃動，而是要掌握節奏。」

「妳說得倒簡單……嗯？」

就在這時，七罪才終於覺得不對勁而歪了歪頭。剛才因為沉迷於遊戲，沒怎麼留意，不過好像有人跟她聊天？

七罪一時之間還以為是語音聊天——然而，並非如此。因為想盡可能不與別人聊天的七罪在線上對戰時也經常關掉通話功能。

——既然如此，剛才的聲音是？

七罪戰戰兢兢地回頭望向後方——

「呵呵呵，妳好呀，七罪。」

「呀————！」

看見不知不覺出現在眼前的少女的臉龐，七罪從椅子上跌下來。畫面中的角色瞬間承受集中砲火，螢幕上顯示「GAME OVER」的文字。

「狂……！狂狂狂狂、狂三……！妳怎麼會在我房間……！」

七罪發出變調的聲音呼喚少女的名字。沒錯，時崎狂三。站在她眼前的，正是過去被人稱為最邪惡精靈的少女。

「哎呀哎呀，別那麼驚訝嘛。我又不是美九，不會把妳抓來吃掉的。」

狂三嘻嘻嗤笑道。七罪聽到這番莫名充滿說服力的話，這才慢慢恢復冷靜。

「……妳、妳到底有什麼事啊？我跟妳應該沒什麼交集吧……？」

七罪詢問後，狂三便伸出食指觸碰自己的嘴脣。

「──我想拜託妳一件事。」

◇

「……！看到栗子了！」

「咦，在哪裡？在哪裡？」

「妳看，從那個隙縫可以看見。」

「喂，讓我看一下啦，『我』！」

眼罩狂三、繃帶狂三、甜美蘿莉狂三、和風哥德狂三趴在民宅屋頂，眼睛抵著望遠鏡，肩碰肩互相擠來擠去。

四天王的視線前方是眼看似乎就要崩塌的廢棄屋。側耳傾聽，還能聽見多隻貓的微弱叫聲從

那裡傳出。

沒錯。那棟建築物正是西天宮二丁目三十五號的廢棄屋，栗子所在的「三里尾會」大本營。

四天王如今聽從狂三的指示，正在觀察現場的情況。

「好像沒有受傷……」

「是的。不過，牠好像被一群人相……不對，貓相凶惡的貓咪團團包圍了。」

「……！裡面那隻戴著蝴蝶結的大白貓是……」

「沒錯。牠是『三里尾會』的老大，通稱鬼帝(Kitti)。」

四天王透過望遠鏡確認狀況，並且嚥了口水。

所幸栗子目前還平安無事的樣子，但氣氛不太友好。打個比方來說，就像是一無所知的栗子走在路上，結果被誤以為是敵對勢力派來的殺手而受到盤問。

氣氛一觸即發，若有什麼風吹草動，肯定會立刻遭受對方單方面的蹂躪。眼罩狂三表情嚴肅，臉頰流下汗水。

「……『我』似乎有什麼辦法……先等到不能等再說吧。不過，緊要關頭時——」

「「…………」」

眼罩狂三說完，其餘三人也面色緊張地點頭。

於是，原本坐鎮在廢棄屋深處的貓老大正好在這個時間點發出了低鳴聲：「喵啊啊啊啊啊啊

——咕……」

那似乎是在命令部下。包圍栗子的貓咪同時壓低姿勢，豎起毛。栗子怕得蜷起尾巴往後退。

「……！不能再等下去了，『我』！」

「好的、好的。沒辦法，我們走吧。」

繃帶狂三與和風哥德狂三倏地站起來。

然而——

「……！等一下，『我』！剛才有東西——」

當甜美蘿莉狂三制止兩人的瞬間——

一道漆黑的閃光穿過望遠鏡鏡頭下的視野。

「咦——？」

眼罩狂三目瞪口呆地發出聲音。

這也難怪。因為當那道閃光發出亮光的瞬間，準備撲向栗子的貓咪們便發出短促的慘叫聲，趴在地上。

「……！」

甜美蘿莉狂三皺起眉頭，加強了握住望遠鏡的力道。

於是，一隻貓正巧在這時降落到栗子眼前。

牠的毛色如黑曜石般烏黑亮麗。

脖子上戴著綴有可愛荷葉邊的項圈。

以及——左右顏色不同的眼瞳。

雖說貓咪比人類更容易顯現出虹膜異色症，這隻貓的情況顯然與這類性質不一樣。

因為這隻黑貓的左眼——

顯示出金色的時鐘錶盤。

「啊，那是——」

——喵。

黑貓發出一聲短叫，環顧周圍。於是，周圍那些貓相凶惡的貓咪便瑟縮著垂下尾巴和耳朵。

不過，這也難怪吧。因為就連眼罩狂三都覺得那隻黑貓看起來威嚴十足。

如貴婦般優雅的站姿自然不用說，牠的視線看起來就像手指扣著扳機的手槍一樣危險。被那種貓殺氣騰騰地望著，普通的貓咪只能臣服吧。

——呼——！……呼——……！

其中只有貓老大保持威嚇的態度到最後——黑貓踏著緩慢的步伐靠近貓老大後，貓老大才放下豎起的尾巴，挪開視線。其實就是宣告敗北。

——喵～～嗚。

黑貓發出溫和的叫聲，用前腳撫摸貓老大的頭，然後走向栗子。

栗子似乎也對來歷不明的黑貓感到畏懼，但不知為何聞到黑貓的氣味後，立刻安心地舔起黑貓的臉。

——看來事情進行得很順利。

平安達成目的的狂三舔著前腳，「喵」了一聲。

沒錯，這就是狂三的祕密計畫。現在狂三被七罪的天使〈贗造魔女(Haniel)〉變成了一隻毛色美麗的黑貓。

嚴格來說，這也算是介入野生動物的行為——不過，總比人類踐踏貓咪的據點好多了吧。道理很簡單，貓咪的問題就讓貓咪自己解決。絕對不是因為自己想變成貓咪一次看看，絕對不是基於這種理由。

狂三帶著栗子離開廢棄屋後，伸了懶腰——這是她變成貓咪後想嘗試一次的動作。原來如此，想不到挺舒服的。

好了，接下來只要把栗子送回紗和身邊就好。不對，應該先到在附近待命的七罪那裡，請她幫自己解除變身。維持這副模樣的話無法解釋事情的來龍去脈，也不好意思讓七罪等太久——

「——栗子！」

當狂三思考著這種事情的時候，後方傳來熟悉的聲音。

循聲望去，便看見紗和氣喘吁吁地跑過來。看來她已經找過周邊一帶，接著來到這個區域。

——喵！

栗子大概也發現紗和了，只見牠發出高亢的叫聲跑向紗和。紗和抱起栗子後，鬆了一口氣似的撫摸牠的背。

「真是的，妳跑到哪裡去了啦？害我擔心死了！」

栗子再次發出「喵～嗚」的叫聲回應紗和。狂三見狀，吐了一口氣——看來不用費心把栗子送回去了。

當狂三要離開現場時，紗和發現了狂三，開口對她說：

「哎呀？妳是……栗子的朋友嗎？」

說完蹲到狂三身邊。狂三輕聲叫予以回應。

「妳是哪裡來的？妳在跟栗子玩嗎？謝謝妳喔。」

紗和摩娑了一下狂三的喉嚨……該怎麼說呢？是因為身體變成貓嗎？感覺莫名舒服。狂三不禁發出呼嚕聲。

話雖如此，總不能一直這樣下去。既然找到了栗子，紗和應該會打電話聯絡狂三，萬一被分

身們看見這個場景，不知會被說什麼話調侃——

「——哎呀、哎呀。」

瞬間。

現在最不想聽見的聲音震動了狂三的鼓膜。

四天王一臉看好戲的表情站在她的背後。

「啊，各位！謝謝妳們的幫忙，找到栗子了！」

「哎呀，那真是太好了！」

「所以——這隻貓是？」

「噢，她跟栗子在一起，我想應該是栗子的朋友。」

紗和說完，四天王同時面帶笑容回答：「「這樣啊——？」」

狂三看見她們的表情後，發現——她們全都知道貓咪的真實身分就是狂三。

「原來如此、原來如此，是栗子的朋友啊——話說回來，她看起來還真舒服呢。」

「是的、是的。想必是隻非常喜歡被撫摸的母貓呢。那我也來摸一下吧。」

「呀！她的身體在顫抖呢。簡直就像明明不想有反應，卻又舒服得忍不住呢！」

「是這裡嗎？這裡很舒服嗎？覺得不甘心，但是又很有感覺嗎？」

四天王一邊喘息一邊來回撫摸狂三的身體，看起來十分開心。

「話說回來，有這麼可愛的貓在，狂三姊姊到底跑哪裡去了呢？」

「她那個小滑頭，肯定正一個人樂不思蜀呢。」

「是的、是的。肯定在哪裡享受被人撫摸的快感，舒服得很呢。」

「妳希望我摸妳幾次？三次？三次嗎？妳這個貪心鬼！」

——喵啊啊啊啊啊啊啊嗚（怒）。

狂三扭動身子，發出怒吼聲。

「那、那個～～……各位？摸得太過火也不好……咦？」

就在這時，紗和發現什麼似的皺起眉頭。四天王停止撫摸狂三，望向她。

「妳怎麼了，紗和？」

「沒什麼，只是栗子看起來怪怪的……栗子，妳怎麼了，哪裡痛嗎？」

說完，紗和一臉擔憂地探頭看栗子的臉。

栗子確實不停地顫抖。外表看起來並沒有受重傷，難不成是在狂三趕來前發生了什麼事嗎？

不過——要查明原因也沒那麼難吧。狂三如此心想，奮力扭動身軀。

——唔喵～～！

然後從四天王的手裡逃跑，拔腿奔馳在巷弄中。

「呀！『我』——不對，黑貓逃走了！」

狂三聽著背後傳來四人中不知是誰發出的聲音，就這麼跑進小巷深處。

然後前進了約三分鐘，抵達了「那裡」。幽暗小巷的盡頭坐著百無聊賴地在玩手機的七罪。

——喵～～

「……嗯？」

——喵。

狂三發出叫聲後，七罪眉毛抽動了一下，抬起頭。

「喔喔……原來是妳啊。事情結束了嗎？」

「……呃，我聽不懂妳在說什麼啦。反正可以將妳變回來了吧？」

七罪瞇起眼睛吐槽後，面向狂三舉起手。

「……唔嗯嗯嗯嗯……喝啊！」

然後閉上眼睛，發出痛苦的呻吟。下一瞬間，她的手掌發出光芒——狂三的身體逐漸變回原本的模樣。

「——呵呵呵，謝謝妳，七罪。幫了我大忙。」

「……啊～～累死了。要使用靈力就必須想像討厭的事情，所以能不用靈力我就不想用……妳欠我一個人情喔。」

「是的、是的，我明白——如果今後有非得取妳性命的時候，我會讓妳死得輕鬆一點。」

「未免太可怕了吧！」

「呵呵呵，我開玩笑的。」

狂三眨了眼，一邊吸氣一邊集中注意力——在手中顯現出〈囁告篇帙〉。

七罪見狀，全身僵硬，擺出戒備的姿態。

「妳、妳要幹嘛……？」

「別擔心，貓咪栗子身體不舒服，我只是要調查原因。總不能在紗和面前顯現出天使吧。」

狂三如此說道，撫摸〈囁告篇帙〉的紙面。

紙面循著手指劃過的動作描繪出光之軌跡，接著大量資訊便排山倒海地流進狂三的腦海。

於是——

「——————咦？」

下一瞬間，狂三發出錯愕的聲音。

她並非不知道栗子身體不舒服的原因，原因一下子就揭曉了，只是腳被小刺給刺到罷了。也不需要看醫生，只要用鑷子把刺拔出來，再消毒傷口應該就沒問題了。

不過，無所不知的天使〈囁告篇帙〉把其他資訊也告訴了她。

狂三的確沒有限定栗子的症狀和有異常的部位，因為她相信用〈囁告篇帙〉，只要大概調查一下「栗子的事」，就能查出她想要的資訊。

果不其然，如她所料獲得了有關栗子的知識。

而〈囁告篇帙〉也按照狂三的指示告訴她「真相」。

只是如此而已。

剛才發生的，真的只是這樣的過程罷了。

「……狂三？發生什麼事了？」

不知沉默了多久，七罪一臉疑惑地詢問。

「…………………不，沒什麼──事情。」

狂三強忍著一湧而上的嘔吐感，勉強擠出回答。

◇

──夜晚，日期早已變換的時刻。

狂三再次來到紗和家。

紗和家原本就位於幽靜的住宅區，此刻周圍比白天更加靜謐，安靜得令狂三認為除了隨著春天來臨開始演奏微弱音色的蟲聲外，自己比平常跳得更快的心跳聲或許才是最大的躁音。

「…………」

狂三一語不發地打算按下門鈴——卻在快碰到門鈴時放下手。

她從剛才就一直重複這個動作。

——因為她強烈認為要是按下門鈴，一切都會結束。

乾脆就這樣什麼也不做，直接回去比較好。如此一來，明天、後天，也能繼續過這樣的日常生活吧。

不過，狂三「得知」了真相。雖說是偶然，終究還是知道了。

「啊啊——」

狂三發出聲音，像在低喃——也像在悲嘆。

——在那之後，與七罪分開並回到紗和身邊的狂三假裝查看栗子的症狀，告知紗和牠的腳被刺到後便離開了現場。

一回到家就顯現出〈囁告篇帙〉——把能想到的事情全都調查清楚。每次輕撫〈囁告篇帙〉的紙面，狂三的預感便逐漸轉為確信。

甚至賭上些許可能性，利用〈刻刻帝〉的【十之彈(Yud)】射擊自己的頭部，喚起過去的記憶。

狂三的不安——化為實際的感受。

所以，狂三的雙腳自然而然地前往這個場所。

於是——

——喵。

「……！」

這時，突然傳來貓叫聲，狂三聽見後抬起頭。

一看才發現二樓打開的窗戶露出了栗子與紗和的臉。

「真是的，栗子，妳幹嘛一直叫……咦，狂三？」

「紗和——」

狂三見狀，有些呆愣地呼喚她的名字。

紗和愛睏似的揉了揉眼睛，後來大概是察覺狂三的狀態非比尋常，立刻瞪大雙眼，從窗戶探出身子。

「我不知道妳發生了什麼事……總之，先進來吧，我馬上幫妳開門。」

「啊——」

說時遲那時快，紗和立刻從窗戶消失蹤影，接著傳來「啪躂啪躂」的腳步聲。

如果現在離開現場，或許依然能過著之前那樣的日常生活。

不過，狂三辦不到，她完全無法動彈。這時玄關的門開啟，隨便穿上拖鞋的紗和來到狂三身邊。

「來，狂三，別待在外面了，外面冷。進來，我泡茶給妳喝。」

「好、好的……」

紗和拉起狂三的手，領她進屋。

「我馬上就泡，妳等我一下。」

狂三聽從紗和的話，坐到客廳的沙發上，栗子便輕快地走到她身邊，在她旁邊蜷縮成一團。

「……呵呵。」

狂三撫摸牠的尾巴根部跟牠鬧著玩後，牠便搖晃起身體想索求更多似的。

狂三不禁笑出聲。端著紅茶過來的紗和見狀，鬆了一口氣說：

「啊，妳總算笑了。我還擔心萬一妳一直板著臉該怎麼辦呢。」

「……我的表情有那麼鬱悶嗎？」

「有，我還以為家門口站著幽靈呢。」

「……哎呀、哎呀。」

狂三聽了紗和說的話，莞爾一笑。

這感覺真令人懷念。噢——對了，昨天中午她也這麼想，紗和經常像這樣調侃她。狂三之所以能與紗和一見如故，大概就是因為她平易近人，沒有距離感吧。

啊啊，這實在——

「——『就像真正的紗和一樣呢』。」

狂三有些無意識地脫口而出。

她並非刻意說出口，然而——她說完也沒有感到特別驚訝。因為她在來這裡時就已經做好心理準備了。

「咦——？」

紗和聽了狂三說的話，目瞪口呆。

她像是察覺到這句話並非玩笑話，嘆了一口長氣。

「……喔，這樣啊，妳發現了啊，狂三。」

然後有些悲傷地垂下視線，如此說道。

「……妳早就知道自己不是真正的紗和了嗎？」

「沒有，我不知道，我也是剛剛才發現的——一定是因為妳期望得到『答案』吧。」

「…………」

紗和說完，狂三了然於心地嘆了一口氣。

沒錯。這就是狂三查出的「真相」。

調查栗子身體狀況的狂三發現栗子並非真正的栗子。

不——不只栗子。

連狂三贖罪……

真那的身體康復……

——甚至是理應已過世的紗和起死回生這件事。

澪死掉後所形成的這個美夢成真的世界本身——全是假的。

狂三如今能感受到這個世界的不自然之處，這個烏托邦世界的荒誕無稽。

然而，狂三直到昨天為止都沒有察覺、無法察覺，這肯定也是這個世界所建立的規則吧。

這個世界的真面目是，某個精靈在澪的靈魂結晶即將消失之際將它搶過來，然後創造出來的理想空間。

既然如此——發現真相的狂三應該做的就只有一件事。

「——紗和。」

「是。」

「我必須揭發這個世界，告訴有能力創造這世界的人真相。因為我還一事無成。」

「好的，妳想怎麼做就去做吧。」

紗和毫不猶豫地點頭支持。

揭發這個世界——意味著消除在場的紗和與栗子的存在。

然而紗和明知道這一點，還是直勾勾地凝視著狂三的眼睛，認同她的想法。

——這個世界是「夢想成真的世界」。狂三有一瞬間以為是因為自己期望紗和這麼回答，自己才會真的得到這樣的答覆。

然而，狂三立刻搖頭否定——如果她是真正的紗和，肯定也會做出同樣的反應吧。正因為她是這種個性，狂三才會誓死絕對要讓她復活。

「——紗和，我們要暫時離別了呢。總有一天，我一定會讓妳復活。請妳務必等我到那個時候。」

「——好的，我一定會等妳。畢竟妳朋友不多，沒有我肯定會很寂寞吧。」

紗和如此說道，聳了聳肩。狂三聞言，不禁笑了出來。

「那麼，我要走了——最後我有一個請求。」

「嗯，什麼請求？」

「……能將妳的胸膛借我一會兒嗎？」

狂三說完，紗和稍微睜大了雙眼，接著莞爾一笑。

「我跟妳是什麼交情，當然可以呀——不過，收費有點貴喲。」

「哎呀、哎呀。」

狂三苦笑後倒向紗和，將臉埋到她的胸口——哭了一會兒。

◇

——少女的影子好似將黑暗一分為二般大步走在這個世界。

狂三離開紗和家後，靴子的鞋跟敲著地面，走在空無一人的街道上。

「——『我們』。」

接著，她歌唱般低喃。

於是下一瞬間，狂三的影子膨脹成好幾倍，無數名「狂三」從中爬出。其中也能看見服裝獨特的四名個體的身影。

她們已經共享狂三的腦內情報，無論是狂三查出的世界真相，還是狂三所下的決心，全都遍及所有的狂三分身。

原本只有一道的腳步聲變成了兩道。

接著兩道變成了四道。

四道變成了八道。

響徹黑夜的獨唱逐漸變成撼動大地的大合唱。

「好了、好了，走吧，『我們』——對方是創造世界，近似於神的精靈。別怕做得太過火，

盡情施展力量吧。」

「——呵呵呵，是去報復她誆騙了『我』嗎？」

分身笑道。

不過，狂三微微勾起嘴角，搖頭回答：

「怎麼可能——是去謝謝她讓我作了一個美夢。」

——這個世界是某個精靈為了某個人所創造的夢想世界。

也是不久後必將崩毀的終焉世界。

那麼狂三能做的，頂多就只有幫助這件事完成。

「好了——開始我們的戰爭（DATE）吧。」

一陣風吹得狂三的髮絲輕舞。

滴答滴答響的時鐘左眼在月夜發出詭譎的光芒。

——時崎狂三在假寐般的溫柔世界中停止的時間如今再次轉動。

總裁十香

PresidentTOHKA

DATE A LIVE ENCORE 10

『——「黃金島探訪」。本週貼身採訪的是人稱財經界麒麟兒的新銳青年實業家——』

隨著旁白播放，電視螢幕跳出節目名稱並響起有些莊嚴的背景音樂。

這是每週四晚上播出的經濟紀錄片，節目主要是在介紹日本與相關的世界各國經濟動向及時勢特輯。獨特的觀點加上旁白輕快的說話方式，即使內容較為正經嚴肅，也憑藉著不忘娛樂性的節目風格而廣受好評。

話雖如此，五河家並不常看這個節目。理由很單純，因為屋主和造訪這個家的客人都很年輕，對這類節目不怎麼感興趣。在這個時間，五河家的電視大多播放其他頻道播出的連續劇或顯示遊戲畫面。

然而，今天例外。因為——

『——今天的來賓是ＹＡＴＯ股份有限公司代表，夜刀神十香總裁。』

『嗯！請多指教了！』

有一名眼熟的少女出現在電視上。

她將烏黑頭髮盤起，有著美麗的水晶雙眸。可愛的面容怎麼看都像是未成年，但她一身做工精細的深色套裝，臉上戴著看起來十分高級的黑框眼鏡，拚命展現出她是個社會人士的樣貌。

『YATO的發展之快，在國際上也是無與倫比，甚至被稱為現代的一夜城，您認為貴公司急速成長的祕訣是什麼？』

『成長的祕訣嗎……我想想，果然還是不挑食吧。』

『原來如此，不挑事做，而是廣泛地經營。真像是締造了一代集團的夜刀神總裁會說出的話呢。』

『唔？嗯，就是這樣。重點在於創新。』

「…………」

「…………」

五河家的一家之主士道與他的妹妹琴里看著這個節目，臉頰流下汗水。

「……所以，事情為什麼會變成這樣？」

琴里微微晃動用黑色緞帶紮成雙馬尾的髮尾，瞇起眼睛問道。

「妳問我，我問誰啊……」

士道搔了搔臉頰如此回答，再次望向電視上露出微笑的十香。

這件事起始於前陣子——

◇

「唔唔嗯……」

某天晚上，當士道正在廚房洗碗時，客廳傳來微弱的低吟聲。

循聲望去，原來是坐在沙發上的琴里瞪著筆電，一副面有難色的模樣。士道把沖洗乾淨的盤子放到瀝水架後，把手擦乾並走向她。

「怎麼啦，琴里？又在忙〈拉塔托斯克〉的工作嗎？」

「嗯～～……算是吧。」

琴里像抖腳那樣不停抖動著嘴裡含著的棒棒糖，將筆電的螢幕轉向士道。螢幕上列出一堆疑似公司名稱的文字列。

「這是什麼？公司？」

「沒錯。這是〈拉塔托斯克〉——正確來說，是它的總公司〈亞斯格特〉電子公司的相關企業一覽表。」

「是喔，原來有這麼多啊。」

看見填滿整個液晶螢幕的名單，士道發出讚嘆聲。看上去，企業的種類也很廣泛，從重工業到製造文具的都有……原來如此，看來〈拉塔托斯克〉充裕的資金都是從這些產業籌措出來的。

「這有什麼問題嗎？」

「數量這麼多，不可能全部業績都很好。我正在選擇要進行整合、廢除、合併的企業。DEM動作頻頻時還有混淆視聽、分散注意力的作用，如今沒這個必要了。」

「也是——」

琴里說完，士道點頭表示認同。

英國的大企業，同時也是覬覦精靈之力的魔法結社DEM Industry，可說是〈拉塔托斯克〉最大的敵對組織，不過自從在之前的戰役中打敗他們的魁首艾薩克．威斯考特，DEM便明顯失勢。似乎是社內的反威斯考特派造反，引起內部分裂的樣子。

「原來如此……不過，那是〈亞斯格特〉經營管理層該做的工作吧？〈拉塔托斯克〉的司令連這種事情都要負責嗎？」

「哎，那也算是我的控股公司，不能說完全跟我無關。」

「這樣啊……嗯？」

士道好像聽到了什麼難以理解的詞彙，歪頭表示不解。不過，琴里滿不在乎地接著說：

「我大略看了一下，這裡是第一候選吧。」

琴里一邊說一邊操作游標。士道仍然一臉疑惑，再次望向螢幕。

「艾爾德食品……是食品公司嗎？」

「沒錯。我記得好像是為了開發精靈用食品而創立的公司。因為一開始不知道純粹的精靈能否食用人類的食物，做了各種研究，不過如今已經沒用了。」

「哈哈……也是。」

士道聳了聳肩，望向瀝水架上堆成一座小山的碗盤——全是精靈用完餐留下的餐具。

「職員不多，也有在做表面上的工作……但是長期虧損，併入其他公司的食品部門應該不成問題。擁有的製菓工廠也能繼續使用……」

「——製菓工廠！」

就在這時，傳來一道精神百倍的聲音打斷琴里說話。

循聲望去，發現是原本和其他精靈一起看電視的十香眼睛閃閃發光地探出身子。

「製菓工廠是那個嗎！製作糕點的地方！」

「是啊，沒錯，妳知道得很清楚呢。」

「嗯，之前電視有播糕點廠商的特輯。超厲害的……一堆點心放在輸送帶上，三兩下就完成了……」

十香一臉陶醉地雙手交握。士道與琴里見狀，不禁露出苦笑。

「妳的確看得很起勁呢……」

「嗯，我很憧憬。不只是工廠，企劃新商品，不斷試做開發……沒想到有那麼多人為了擺在店裡的點心投入熱情。我也希望有一天能製作出獨創的商品。」

十香說完，用力地點頭。這夢想實在很符合她的性格。

於是，大概是聽到十香說的話，琴里望向她說：

「哦，是嗎？那要不要試著做看看？」

「唔？」

「我是說獨創商品啦。妳不是想做嗎？」

「什麼……」

十香這時才終於理解琴里這句話的意圖，一雙眼睛瞪得圓滾滾的，雙手不停顫抖。

「妳、妳妳說真的嗎！」

「真的呀。基本的設備都有現成的，應該能做出來。」

琴里大動作地點頭肯定。士道臉頰流著汗水，對琴里咬耳朵：

「喂喂……妳這樣隨便答應好嗎？」

「沒問題啦，反正都要關閉這家公司了。如果為了精靈所創立的公司最後能實現精靈的夢想，不是正好嗎——應該說，本來就預定要把現在的董事調到關聯企業，十香，乾脆由妳來當總裁吧。」

「喔喔！可以嗎！」

「……喂！妳認真的嗎？琴里！」

士道忍不住大叫出聲。不過，琴里只是一派輕鬆地揮了揮手。

「有什麼關係嘛。不過是在吸收合併前的這段時間讓她當總裁罷了，這也是社會經驗啊。」

「不過，突然讓她當總裁……」

正當士道與琴里談論這件事的時候，其他精靈好像聽見了，紛紛好奇地聚集過來。

「哦哦？你們好像在聊什麼有趣的事情呢。」

「請求。也讓夕弦等人加入吧。」

「如果十香是總裁……我想當她的員工。」

「啊～～人家也是～～感覺福利待遇會很好。」

所有人目光炯炯，一臉興致勃勃的樣子。琴里張開手要大家稍安勿躁。

「知道了、知道了，我會幫妳們跟上面的人說。至於妳們的職位……就讓十香去安排吧。」

琴里說完，精靈們雀躍不已。士道則是無奈地嘆了口氣。

「——士道、士道。」

「……嗯？」

在眾人歡欣喧鬧的時候，十香拉了拉士道的衣襬。士道歪過頭，望向十香問道：

「怎麼了，十香？」

「我忘了問……總裁要幹什麼啊？」

「…………」

就這樣，艾爾德食品股份有限公司迎來前途多難的新開始。

◇

數日後，艾爾德食品股份有限公司的職員們齊聚在會議室。

……說是會議室，其實只是位於冷清的住商大樓一角的小房間，齊聚一堂的職員也是大家熟悉的面孔。

精靈們在桌腳下墊著紙箱防止搖晃的長桌前就座，每個人的面前立著寫上職位的牌子。

分別是──

「總裁」夜刀神十香。

「專務董事」四糸乃。

「常務董事」星宮六喰。

「人事部長」七罪。

「行銷部長」時崎狂三。

「推廣部長」誘宵美九。

「首席特派員」鳶一折紙。

「ＯＬ」八舞耶俱矢。

「ＯＬ」八舞夕弦。

「工讀生」本条二亞。

以上職位。

說到士道嘛，則是脖子上掛著「第一祕書」的牌子，站在桌子旁。他的旁邊也能看見掛著「第二祕書」牌子的〈拉塔托斯克〉機構人員——椎崎雛子。

「啊，妳好……椎崎小姐妳也來了啊。」

「啊哈哈……是司令叫我來的。其實我本來也算是這間公司的職員啦……」

「咦，是這樣嗎？」

「是的。又不能告訴父母和朋友自己在祕密組織工作，所以表面上我是關聯企業的一名員工。副司令是保全公司職員，中津川先生好像是玩具製造商的樣子。」

「原來如此……」

當士道與椎崎聊得正起勁時，突然有人「砰！」地拍了一下長桌。循聲望去，發現是二亞一臉不滿地指著職位桌牌。

「喂～～！為什麼其他人都是正職，只有我是工讀生啊～～！我要求改善待遇～～！」

她做出舉牌抗議的動作並且站起來。

於是，椎崎一臉抱歉地搔了搔臉頰。

「不好意思，二亞小姐，這是有原因的……」

「什麼原因～～！霸凌嗎！是霸凌嗎！我可不會哭著入睡喔～～！」

「我們公司禁止搞副業。」

「說得我啞口無言！」

二亞一頭倒向桌子。沒錯，因為二亞的正職是漫畫家。

「呃，等一下，那小美不也一樣嗎？」

二亞說完望向美九。沒錯，美九也一邊當偶像歌手一邊兼顧學業。

只見美九滿不在乎地豎起一根手指。

「我雖說是『部長』，但不是正式的職位，算是跨界合作的名稱吧～～……不是有一日所長這種活動嗎？就像那樣。」

「啊～～原來如此……呃，那我不是也可以這樣嗎！好歹像小矢、小弦那樣，給個ＯＬ職位吧……」

二亞嘟起嘴唇說道，耶俱矢與夕弦便狂妄地露出微笑。

「那倒無妨，不過汝能勝任嗎？」

「說明。ＯＬ是Operational Lady的簡稱。是假裝成普通職員，暗中偵察、制裁商業間諜的現代女忍者。」

「那是怎樣？有夠可怕。」

二亞放棄似的「叩」一聲趴到桌上……ＯＬ只是表示Office Lady的和製英語……算了，她們本人滿足就好。士道露出未置可否的苦笑。

於是，大概是看準現場終於安靜下來了，椎崎清了清喉嚨，開口：

「呃～～……那麼，重新來過。現在開始艾爾德食品股份有限公司的新商品企劃會議——總裁，請發言。」

「嗯！」

十香回應椎崎，朝氣蓬勃地點了頭。

「我是總裁夜刀神十香！請多指教！那麼我立刻公布我構思的最強點心。大家手邊都拿到資料了吧？」

說完，十香指了指桌面。大家的手邊擺著一份用小夾子固定的幾張文件。順帶一提，這是士道昨晚聽了十香的要求所整理出來的資料。

「在製作新商品方面，我的想法是，既然要做，就不要獨善其身，而是要做大眾能夠接受的東西。

——請看下一頁，我要做的新商品就是這些。」

精靈們聽從十香的指示，翻閱資料。

「這是……」

「唔嗯……」

「呃，這……」

然後所有人露出五味雜陳的表情。

不過，這也難怪。因為上面寫的——

「黃豆粉口香糖」。

「黃豆粉洋芋片」。

「喝的黃豆粉」。

全是和黃豆粉相關的商品。

「聽說現代人缺少心靈平靜與療癒。那麼，所謂的心靈平靜與療癒是什麼——沒錯，就是黃豆粉。」

不過，十香似乎沒有發現大家的反應，繼續熱情地做簡報：

「黃豆粉溫和的口感、令人放鬆的香味……而且營養也很豐富，富含大豆異……異……」

「異黃酮。」

「對，就是那個。」

士道小聲提醒後，十香便誇張地點點頭，接著說下去。

「大豆異黃酮的效果好像對身體很好。心靈平靜、身體愉悅。在這個殺伐的時代，絕對需要黃豆粉的恩惠！用黃豆粉互相建立情感。我在此提倡黃豆粉溝通！」

十香高聲吶喊，舉起拳頭。數名精靈被她的氣勢所震懾，紛紛鼓掌……其實姑且不論內容，十香的簡報有種莫名的說服力。姑且不論內容。

「黃豆粉……啊。我是不討厭啦，但跟洋芋片搭嗎？」

「就是說呀。不實際吃看看的話，根本無從判斷。」

七罪與狂三看著資料如此說道。

於是，十香像是就等著有人說出這句話似的，望向士道。

「——士道！」

「了解。」

士道輕輕點頭後，從會議室外推著放滿各種黃豆粉商品的推車進來。

沒錯。士道製作的不只簡報用的資料，還有根據十香的點子做出的試吃品。

「周到。沒想到已經做好試吃品了……」

「賣相不錯耶～」

精靈們妳一言我一語地拿起試吃品，忐忑不安似的送進口中。

「……原、原來如此……」

「就是……黃豆粉呢。」

「唔嗯……妾身並不討厭。」

然後表情複雜地做出沉思的動作。看來雖然不知道賣不賣得出去，但似乎比想像中好多了。

不過，沒有人反對。畢竟提案的是擁有決定權的總裁，況且這個職場遊戲本身不過是為了製作十香獨創商品的舞臺罷了。

精靈們彼此對看一眼後，點點頭。

「呃……那就做做看吧。」

「唔嗯，也好。那麼包裝設計就交給二亞負責了。」

「這個工作對工讀生來說，未免太繁重了吧……說歸說，我還是會做啦～」

「那麼，我去給敵對公司使絆子。」

「呃，不用做到這種地步吧……話說，折紙的職位首席特派員到底是什麼……」

精靈們開始七嘴八舌討論起來。十香一臉滿足地盤起胳膊，「嗯、嗯」地點著頭。

士道看著大家，壓低聲音對椎崎說：

「……椎崎小姐，大家好像討論得很起勁呢，沒問題嗎？」

「沒問題。換作平常，大概要做賠錢的心理準備。然而，這次〈拉塔托斯克〉有撥出預算，主要是透過網路販售，不過〈亞斯格特〉的關聯企業中也有超市，計劃會在他們的店上架。果然這種事情不只要製作商品，看見商品擺在店頭也是一種醍醐味呢……這是司令說的。」

椎崎搔了搔臉頰，苦笑道。「原來如此。」士道點頭回答後，對準備周到的妹妹發出讚嘆。

他起初還擔心事情的發展，不過似乎會留下美好的回憶。士道凝視著十香眉開眼笑與大家交換意見的側臉，莞爾一笑。

◇

「嗯……」

數日後的早晨，枕邊響起的吵鬧聲使士道驚醒。

一時之間，他還以為是鬧鐘響了，然而並非如此。那是表示有人打來的手機來電鈴聲。

「誰啊？大清早的……」

士道揉著眼睛，手伸向枕邊後按下通話鍵，將手機抵在耳朵。

「……喂，我是五河——」

『——士道！』

瞬間，一道宏亮的聲音刺進鼓膜。士道皺起臉，將手機拿遠一點。

「這個聲音是……椎崎小姐？有事嗎？」

『大、大大大事不好了！』

「大事不好……？發生什麼事了？」

聽見椎崎慌張的聲音，士道坐起身子。

感覺睡迷糊的腦袋急速清醒。究竟發生什麼事了？難不成是精靈們發生什麼意外嗎——？

『——賣了。』

「咦？」

『我說——大賣了！十香開發的新商品！銷量直線上升！』

「………………咦？」

聽見話筒傳來椎崎的驚叫聲，士道不禁發出錯愕的聲音。

「大賣……？妳是說黃豆粉洋芋片那類的商品嗎？」

『沒錯！黃豆粉口香糖、喝的黃豆粉，還有其他黃豆粉商品都賣得很好！官網一上架就瞬間賣完，而且網路上拍賣的價格高於市價！從今天早上開始，公司的電話就響個不停！』

「等、等一下，這到底是怎麼回事啊？」

『我才想知道呢！總之，大事不好了！我派車過去接你，你馬上過來公司一趟！』

最後她的聲音已經幾近尖叫了。電話就這麼趁勢掛斷。

士道儘管感到困惑，還是換好衣服，三步併作兩步地下樓出門。

——接下來發生的事猶如電光石火。

意外製作出熱賣商品的艾爾德食品股份有限公司立刻決定增加商品的生產量。原本只在網路和特定店鋪販賣的黃豆粉洋芋片等商品，一口氣接到全國零售商如雪片般飛來的訂單，瞬間變成全國性的人氣零食。

十香、四糸乃、六喰召開董事會，以吃零食般輕鬆隨意的感覺（就因為是零食）決定將獲得的龐大銷售額投入工廠，同時著手開發新商品。

大人的味道「辛辣黃豆粉」、簡單就能品嚐到剛出爐風味的「宜家黃豆粉」，以及之後成為傳說的「全自動撒黃豆粉機」——

這些商品全都熱賣到創下天文數字，艾爾德食品的營業額超過低迷期的一萬倍。

前所未有的黃豆粉風潮來臨，黃色旋風襲捲全日本。

董事會趁勢決定讓股票上市。艾爾德食品的股價立刻飆升，連日漲停板。

同一時間，四糸乃與六喰開始玩股票，以神準的第六感賺取龐大的利益，再用賺來的股利加買股票，不斷合併與收購，將好幾家企業納入旗下。而那之中也包含原本預計吸收艾爾德食品的〈亞斯格特〉電子系列公司。雖然長年在一起，士道可從沒聽過琴里發出如此高八度的聲音。

在合併的子公司超過三十家時，艾爾德食品股份有限公司便宣布吸收合併子公司，將公司名稱改成ＹＡＴＯ股份有限公司。承擔多業種的巨大複合企業（Conglomerate）就此誕生。

……當然，所有過程〈拉塔托斯克〉都沒有插手。

宛如這個世界的意志、神明這類的存在唯獨偏愛十香似的，好運不可擋。

「為、為什麼……會變成這樣……」

ＹＡＴＯ股份有限公司祕書長五河士道發出錯愕的聲音。

士道所在的地方並非自家，也不是冷清的住宅大樓一角，而是聳立在都內高級地段的高樓大廈中。這裡是艾爾德食品將名稱改成ＹＡＴＯ時所遷移的新公司。

偌大的室內鋪著毛絨絨的地毯，放著一張用來處理文書工作顯得過大的辦公桌。而令人難以置信的是，這裡並非總裁辦公室，而是專為士道準備的祕書長室。

『──YA～～TO的～～♪黃豆粉～～♪』

突然傳來這樣的聲音，士道抬頭望去，發現開著不管的電視上映出美九的身影。她穿著像茶館店花般可愛的和服，手拿盛著黃豆粉麵包的托盤。她的身旁還能看見一個將黃豆粉麻糬擬人化的吉祥物，圓圓黃黃的「黃豆粉君」。

那是YATO股份有限公司的廣告。從這間公司還叫艾爾德食品時起，美九就是他們的活廣告，為宣傳商品貢獻良多。

「…………」

士道一語不發，不經意地玩起手機，打開社群平臺。

時間軸上可看見不少這樣的貼文：

『YATO的黃豆粉果然是人間美味。』

『今年就決定吃黃豆粉涼糕啦。』

『得到黃豆粉君的手機吊飾啦～～』

……其實絕大部分是行銷部長狂三的分身所寫的貼文，也就是所謂的隱性行銷。

士道後來才知道，最初期絲毫沒有話題性的黃豆粉洋芋片等商品會開始大賣，多少是受到狂三的影響。她的分身中好像有一個擁有很多粉絲追蹤的個體，狂三稱她為「網紅的『我』」。

「……這也未免太能幹了吧。」

當士道嘆息著低喃時，突然有人敲門。

「啊，請進。」

士道關掉電視回答後，門便「嘰」一聲打開，走進一名女性。

——她是〈拉塔托斯克〉的機構人員，同時也是ＹＡＴＯ股份有限公司的總裁祕書，椎崎。

她身上穿的並非〈拉塔托斯克〉的制服，而是看起來十分高級的套裝，感覺妝容也比以前精緻。

「祕書長，差不多該去開會了。」

「啊，好……那就走吧。」

士道隨意回應後便從椅子上站起來。

……最近椎崎都稱呼士道為「祕書長」；稱呼十香為「總裁」。公司壯大到這種地步，這樣稱呼或許也是無可奈何的事，但士道聽起來總是覺得很不自在。

「話說回來……我有必要參加會議嗎？」

「你在說什麼啊？不是有祕書長你才能辦到的事嗎？說是會議能不能順利進行，全靠你坐鎮也不為過。啊，別忘記準備喔。」

椎崎豎起食指說道。「好、好的。」士道拿起放在祕書長室的大包包，隨著椎崎一起離開祕書長室，搭電梯前往位於樓上的第一會議室。

「喔喔，士道，你來了啊！」

士道一走進會議室，坐在巨大圓桌最內側的十香便精神奕奕地出來迎接他。

「喔、喔，妳們集合得真快。」

士道微微舉起手說道，瞥了一眼會議室內。

會議室很大，是過去破破爛爛的會議室完全不能相比的。能從整片玻璃牆面將東京的大廈群一覽無遺。

話雖如此，就座的每個成員都與艾爾德食品時代一模一樣。十香、四糸乃、六喰、七罪、狂三、美九、耶俱矢、夕弦、折紙──套裝筆挺的精靈們齊聚一堂。

「啊！達令！」

「唔嗯。郎君，就等你一人了。」

「呵，雖說是企業戰士，但戰士就是戰士。換句話說，會議也是八舞的戰場。」

精靈們一派輕鬆地如此說道。雖然服裝有模有樣，像個社會人士，內心還是沒什麼改變。士道露出含糊的苦笑，不過心裡還是鬆了口氣。

「──好了，那今天也拜託你了，士道。馬上給我來一根吧。」

十香如此說道，豎起一根手指。

「啊，好。」

士道打開帶來的包包，從裡面拿出一根用高級包裝紙包住的棒狀物，遞給十香。

那是十香專用的巧克力香菸（黃豆粉口味）。據說她不吃這個就想不出好點子。

「——士道，我也要。」

「不好意思，也可以給我嗎……？」

「……啊，我排在她後面……」

繼十香之後，精靈們也一一舉起手。

「好好好……」

士道依序從包包裡拿出零食和飲料後，遞給精靈們。由於她們各有所好，士道的包包每次都鼓鼓的，裡頭裝滿各式各樣的零食。

……這就是椎崎所說的「士道才能辦到的事」。哎，坦白說，與其說祕書長，說是車內販售員或球場酒促或許還比較貼切就是了。

「知道了、知道了，夕弦要洋芋片、美九要花草茶吧……嗯？好像少一個人耶。」

就在這時，士道發現某處傳來「叩叩」的聲音。

循聲望去，便看見二亞在玻璃窗外。她身穿灰色連身工作服，頭戴安全帽，乘坐吊在大樓外的吊籃。看來是在清潔玻璃窗。

嘴巴動著，但是玻璃很厚，聽不見她在說什麼。二亞似乎也察覺到了這一點，便將清潔劑噴在玻璃上，用手指在上頭寫字。

『不、覺、得、大、家、穿、套、裝、的、樣、子、很、性、感、嗎？』

「…………」

不惜在玻璃上寫字也要表達這件事嗎？士道流下冷汗。

椎崎見狀，快步走向玻璃窗，拉下百葉窗簾。

「好了，開始開會吧。」

「直接無視！」

椎崎冷酷至極的反應令士道不禁大叫出聲。於是椎崎嘆了口氣，說道：

「這是在公司裡偷偷喝酒的懲罰。不殺雞儆猴的話，如何教導其他員工？如果她認真完成工作，就放她回來。」

「喔……這樣啊……」

這理由太符合二亞的作風，士道聞言，搔了搔臉頰。

在這樣的過程中，開始了ＹＡＴＯ股份有限公司的董事會。

「——那麼本日的議題是，炸雞塊時用黃豆粉來裹粉如何？」

「咦咦……這樣搭嗎？」

「原料是大豆，應該還算搭。」

「承認。先試做看看，如果好吃就商品化。」

安全第一
みんな

「沒有異議。」

「沒有異議。」

「沒有異議。」

「——那麼，換下一個議題。楠木新城的土地開發案的投標預算已經出來了，麻煩各位確認一下。」

「唔嗯，遊戲部門也申請開發新的應用程式。」

「另外，製藥部門的新藥開發一事——」

「不對，從中途開始會議的方向就明顯改變了吧！話說，我們公司現在連這種業務都承包了嗎！」

士道忍不住大叫出聲。

——會議開了兩小時左右才結束。

議題涉及多方面，設立潔淨能源部門、進軍便利商店界、以「黃豆粉君」為主軸的吉祥物商務與建造主題樂園等案此起彼落。當提出宇宙開發的話題時，士道便停止思考。士道只依稀記得十香說要把黃豆粉推廣到宇宙，建議開發新太空食品。

「嗯嗯……」

十香開完會後伸了伸懶腰站起來，望向士道。

「會議討論得很開心，不過我肚子餓了呢。士道，差不多該吃午飯了吧！」

「嗯……？喔，好。那就來吃吧……」

儘管被排山倒海的資訊轟炸而精疲力盡，士道還是打起精神回答。十香在開會時也大口吃了不少零食，但對她而言似乎不算已經吃飽。

就在這時，拿著平板的椎崎快步走到十香身邊。

「很遺憾，總裁。午餐要跟客戶聚餐，談論海外設廠的事。麻煩妳準備一下，我們要出發去會場的飯店。」

「唔……這樣啊，那就沒辦法了。走吧，士道。」

十香有些不滿地嘟起嘴脣，但還是聽從椎崎的指示動身。士道也跟著一起移動腳步。走出會議室前，十香像是想起什麼，望向在場的八舞姊妹與折紙。

「——啊啊，對了。耶俱矢、夕弦、折紙，我想應該差不多了，就拜託妳們了。」

八舞姊妹和折紙聞言，點了點頭。士道一頭霧水地歪過頭問道：

「什麼事差不多了？」

「嗯，我拜託她們處理一點麻煩事。反正你馬上就會知道了。」

「這樣啊……」

是又要展開什麼新事業嗎？士道輕聲低吟似的回覆後，便和十香、椎崎一同離開會議室。

然後簡單地準備外出，走出辦公大樓前往聚餐會場。

一身褲裝打扮的深色套裝，披著長大衣的十香戴著墨鏡遮住眼睛，散發出的氣息與其說是公司的總裁，更像黑手黨老大的風格。

「總裁，車來了。」

「嗯，謝謝。」

十香簡短說完，便颯爽地走向停在公司前面的黑色高級車。看見她有模有樣的身影，士道苦笑著跟在她後頭。

結果——

「——士道，離我遠一點。」

十香正要坐進車裡時挑了挑眉，對士道這麼說。

「咦？怎麼了，十香？有什麼——」

瞬間。

「咻！」地傳來一道破風聲，隨後十香的身體微微搖晃。

等士道回過神時，十香的指尖捏著一枚冒煙的子彈。

「咦……？啥……？」

事發突然，士道一頭霧水，慌張得眼珠子直打轉，來回望向十香的臉和她手上的子彈。

不過，十香像是早就預想到這個事態，從口袋裡拿出手機打給某人。

「——喂，耶俱矢嗎？是我。我剛剛受到狙擊了。從射擊的方向判斷，對方應該是從藤輪大樓的頂樓射擊。立刻抓住狙擊手……什麼嘛，妳已經抓住了嗎？不愧是ＯＬ(Operational Lady)，動作真快。」

「咦……咦咦！」

「——嗯，我沒事。竟然想用這種程度的子彈射擊精靈，真是愚蠢。嗯，大概是黑井不動產的手下幹的。他們好像因為天宮HILLS投標的事情，反過來怨恨我們。」

「咦咦咦咦咦咦咦咦咦！」

「——喂，折紙嗎？正如妳所聽到的，抓到狙擊手了，一切就拜託妳了。嗯，我正好想強化不動產部門。黑井不動產總公司舊址就拿來蓋黃豆粉博物館吧。」

「咦咦咦咦咦咦咦咦咦咦咦咦咦咦咦咦咦咦咦——！」

士道已經跟不上事態的發展，只能發出哀號。

◇

——之後，YATO股份有限公司也不斷乘勝追擊。

奇蹟般起死回生的艾爾德食品，更正，是YATO的新總裁十香，收到許多演講、電視節目、擔任顧問或企業重整的邀請，最後甚至有公司想邀請她擔任特別經營顧問。

「唔？行吧。」十香雖然一頭霧水，還是答應了那些邀約。成功挽救了幾好家企業的經營，被譽為天才經營者。當時出版的自傳經營論《夜刀神十香　偉大的黃豆粉》一書成為立志經營者必讀的書，長期占據銷售排行榜。順帶一提，封面雖然是交抱雙臂、面帶微笑的十香，內容卻是七罪代筆。而二亞擦窗戶的技巧倒是越來越熟練了。

現在沒有十香做不到的事，也沒有什麼東西是她得不到的。

十香就是百戰百勝到令人真心如此認為。她以連續一千次擲骰子擲出六的強運，蹂躪市場、稱霸財經界。

「…………」

YATO股份有限公司，夜晚的總裁辦公室。

十香佇立著睥睨都市如繁星點點的燈火；士道望著她的背影，輕聲嘆息。

——想不到竟然讓公司壯大到這種地步。

起初只是玩玩而已。本來早該關門大吉的公司，為了製造十香獨創的點心才存活了下來。

結果卻在不知不覺中連續開發出暢銷商品，瞬間兼併一切，成長到這種地步。

如今站在士道眼前的是財經界的霸主，只靠一根手指就能挪動以億為單位的金錢。現在就連政府都無法忽視十香的意向。

一個小小少女微小的夢想像滾雪球似的越滾越大，化成意想不到的怪物。

「…………」

不安的情緒突然掠過士道的胸口。

換算成時間的話，僅只須臾之間，短得就算說是南柯一夢也會令人相信。

不過，十香就在這短短的時間裡獲得了太多東西。富貴、名聲、地位、權力——滿足了大多數人渴求的欲望。

所以士道有些不安，擔心十香是否會變得越來越陌生——

——咕嚕。

於是——

「……咦？」

正當士道思考著這種事情的時候，突然響起這樣的聲音。

片刻後，士道才發現——是十香的肚子在叫。

「……唔，我肚子餓了。」

然後十香有些難為情地羞紅了雙頰，摩挲自己的肚子。

「——噗。」

士道見狀，不禁噗嗤一笑。

「呵，哈哈，啊哈哈哈哈哈！」

「幹、幹嘛啦，士道！用不著笑得這麼大聲吧。肚子一餓，誰都會發出叫聲的吧！」

「沒、沒有啦……哈哈，抱歉抱歉。妳誤會了……我只是覺得安心了。因為不管再怎麼成功，十香妳依然沒有改變。」

「……唔？那不是廢話嗎？你在說什麼啊，士道？」

十香皺起眉頭，歪了歪頭。士道覺得她的動作非常可愛，再次笑了笑。

「話說回來……這間公司真的壯大了呢，一開始還差點倒閉耶。」

「嗯！多虧大家的努力！不過……」

十香面有難色地盤起胳膊，發出低吟。

「公司經營得一帆風順是好事啦，但最近有點太忙了……根本吃不到士道你做的飯。」

「嗯……這倒是。」

最近十香常常跟財經界的巨頭或各國的重要人士聚餐，大多在高級餐廳或料亭吃飯。十香一開始看到山珍海味還會興奮得眼睛閃閃發光，後來似乎覺得還是跟熟識的精靈好友吃飯比較開心，最近情緒十分低落。

士道也覺得她很可憐，更為她想吃自己做的菜勝過高級餐廳的套餐一事單純地感到開心。

「好！」士道握起拳頭，微微一笑說：

「對了，最近手忙腳亂的，都沒慶祝妳完成新商品，今天就久違地來我家吃晚餐吧。妳愛吃什麼，我都做給妳吃。」

「……！真、真的嗎？士道！」

士道說完，十香一雙眼睛瞪得圓滾滾的，探出身子。

「你、你說什麼都可以嗎！真的都可以嗎！不管是漢堡排、咖哩、蛋包飯都可以嗎！」

「當然都可以啊。我可不會小氣地說只做一道菜。既然要做，就全部做給妳吃！還另外做炸雞塊跟小香腸給妳當配菜！」

「竟、竟然……！」

十香宛如一名見證神蹟的虔誠信徒仰望天空，身體微微顫抖表示感動。

「人間美味……莫過於此啊！好，馬上回家吧！」

「好，別忘了回家路上要去買菜！」

「嗯！」

然而——

「——不行！」

下一瞬間，傳來這樣的聲音打斷兩人說話。

循聲望去，原來是不知何時來到這裡的總裁祕書椎崎。她臉頰流下汗水，心急如焚的樣子。

「椎、椎崎小姐……」

「不是早就說過了嗎，總裁！今天要跟經團聯會長聚餐！請立刻準備出發！」

「唔……唔……」

十香一臉不服地低吟後，回望椎崎的臉。

「……無論如何都不行嗎？」

「不行！十香……妳可是總裁啊！」

「…………！」

椎崎大喊的瞬間，十香猛然瞪大雙眼。

——像是突然恍然大悟。

「……嗯，對喔，也是。呵呵，什麼嘛，這樣不是很簡單嗎！」

然後一邊點頭一邊走向窗戶。

下一瞬間，十香按下牆邊的按鈕後，巨大的玻璃窗發出低沉的驅動音，像是被地板吞噬般向下降。夜風流進室內，堆在桌上的文件隨風飛舞。

「呀……！總、總裁，妳這是做什麼……！」

椎崎被突如其來的強風吹得瞇起眼睛，發出哀號。

於是，十香莞爾一笑，取下髮夾、解開領帶。烏黑的髮絲與夜風嬉戲，漆黑的領帶在黑暗中起舞。

「——我的目的早就達成了，我今天就辭去總裁一職。這樣總沒問題了吧？」

「什麼——」

十香說完，椎崎目瞪口呆。

「怎、怎麼可以！竟然來突然辭職這一招……！如果沒有總裁，這間公司該怎麼辦？」

「唔？也是，那就……」

十香將手抵在下巴動腦思考——然後望向剛才自己打開的玻璃窗。

她恐怕就是在這時發現的吧。她發現位於窗外的清掃用吊籃被風吹得搖搖晃晃——發現時間不早了，吊籃中卻還有清潔人員在。

「——二亞。」

「哇啊！十香，妳幹嘛啊！別突然開窗好嗎！嚇死人了！」

十香探頭看向吊籃後，吊籃內的二亞便冒出頭來。

十香猛然將手放到二亞的肩膀，說道：

「——下一任總裁就是妳啦，二亞！接下來就拜託妳嘍！」

「…………咦？妳剛才說什麼？」

聽見十香突如其來的宣言，二亞吃驚得目瞪口呆。後方的椎崎也露出同樣的表情。

不過，十香滿不在乎地快步前進後，一把握住士道的手。

「那我們回去吧，士道！抓緊我喔！」

「咦？妳這是……哇、哇哇哇哇哇……！」

士道被猛然一拽——不禁發出高八度的驚叫聲。

不過，這也難怪。因為十香拉過士道的手，以公主抱的方式一把抱起士道——直接從大樓的玻璃窗跳向夜空。

「呵呵——哈哈哈哈哈！好舒服啊，士道！」

「啊……嗯，是啊……哈哈哈哈哈……！」

士道全身感受著強烈的飄浮感，有些自暴自棄地發出笑聲，與十香一同消失在黑夜中。

——日後，奇蹟般急劇成長的ＹＡＴＯ股份有限公司隨著十香辭職，業績一落千丈。

簡直就像偏愛十香的神明心想：「……嗯？十香已經不在了嗎？那就算了。」對公司失去了興趣。

精靈們也宛如想起早已達成最初的目的，一個接一個離開公司，中途情緒變得不穩定的椎崎也突然回過神似的清醒過來，帶著點心盒到十香家道歉。

似乎是因為身為〈拉塔托斯克〉的機構人員卻不顧精靈的意願，逼迫精靈繼續工作而挨了琴里一頓罵，一副十分抱歉的模樣。不過，當事人十香看起來絲毫不在意，大概是很喜歡椎崎帶來的點心，還反過來向她道謝。

總之，經歷了種種事情後，精靈們又回到以往的日常生活。

「——大家久等了！」

「喔喔！」

今天的晚餐是士道從皮開始親手製作的特製煎餃。看見大盤子裡裝著的金黃色煎餃，十香以及其他精靈眼睛為之一亮。

「士、士道，快趁熱吃吧！」

「哈哈，也是。那大家開動吧。」

「「我要開動了！」」

圍成一桌的精靈們同時雙手合十，然後大快朵頤。

看見這熟悉又難得的光景，士道感覺自己不禁嘴角上揚。

接著──

「……嗯？」

他好像聽見什麼耳熟的單字，望向客廳的電視。

電視上正播放著YATO股份有限公司的記者會。股價斷崖式暴跌的YATO股份有限公司結果如原本預定的，被〈亞斯格特〉系列公司吸收合併。疑似董事的男性面有難色地回答記者的提問。

仔細聽似乎能聽見畫面角落傳來『放開我～～！我才是總裁耶～～！』的聲音。

『押住她，別讓總裁過去！』

『放棄吧，已經沒救了！』

『可惡！那是我的公司～～！我好不容易才出人頭地的～～！』

「…………」

這場記者會莫名地吵鬧。士道不禁臉頰流下汗水。

不過，沉浸於晚餐的十香似乎沒有發現這件事。

「嗯！不管再怎麼高級的餐廳，還是跟大家一起吃士道做的菜最好吃了！」

十香笑容滿面地大口大口吃著熱騰騰的煎餃。

重逢真那

AgainMANA

DATE A LIVE ENCORE 10

天宮市內位於東天宮住宅區的五河家的客廳，現在正上演典型的恬靜午後風景。

時刻是下午三點。透過蕾絲窗簾射進的明媚陽光將放在桌上的茶壺與茶杯照得光影斑駁。盤子上盛的餅乾是自己做的，儘管形狀因為製作者的手藝，看起來有些不盡相同，但那又別有一番風味。

「呼……」

士道啜飲一口紅茶後吐了長氣。紅茶濃郁的香氣在口中擴散開來的同時，熱氣的殘渣微微升起，旋即消失在空氣中。

之所以會觀察到這種平常不會留意的現象，也算是悠閒時光的證明吧。士道莞爾一笑，望向坐在對面沙發的妹妹。

「該怎麼說呢？感覺好久沒這麼悠閒了。」

「就是說呀～熱熱鬧鬧的也不錯，但偶爾清靜一下也好～」

琴里輕輕點頭回應士道說的話，紮起頭髮的白色緞帶隨著她的動作微微搖晃。

目前待在五河家客廳的只有士道和他的妹妹琴里，正是屬於兄妹自家人的下午茶時光。

這副光景直到一年前左右還算較為常見，但自從開始攻略精靈，在五河家隔壁蓋起公寓後，這種時光就變得非常珍貴。士道感慨萬千地嘆了一口氣後，再次啜飲紅茶。

感覺就像泡著溫水澡悠閒度過，有種時間流動得較為緩慢的錯覺。原來如此，偶爾這樣也不賴。士道將茶杯放到茶托上，身體向後仰，微微伸了懶腰。

就在這一瞬間——

從走廊傳來急促的腳步聲打破這恬靜的氣氛後，客廳的門突然用力敞開。

剎那間還以為是哪個精靈來了——然而，並非如此。目睹出乎意料的臉龐，望向門的士道與琴里同時瞪大眼睛。

「咦……？」

不過，這也是理所當然。因為站在那裡的正是他們去國外工作的母親，五河遙子本人。

她擁有一頭短髮和纖瘦的身材。大概是一路跑到這裡，只見她氣喘吁吁，滿頭大汗。

到這裡為止都還好，因為母親經常沒事先通知一聲就突然回家，想給士道他們一個驚喜。況且今天氣溫比較高，稍微運動一下難免會流汗。

不過，問題在於她的雙眸泛著淚光。

「媽、媽媽……？」

「妳怎麼了？慌慌張張的……」

士道與琴里吃驚地詢問後，遙子便吐了一大口氣，露出銳利的目光回答：

「士仔、小琴，仔細聽我說。」

接著停頓了一下，下定決心般繼續說：

「我…………要離婚！」

聽到遙子震撼性的發言，士道與琴里對看了一眼——

「「咦咦咦咦咦咦咦咦咦咦咦咦咦咦咦咦咦咦咦咦咦咦咦咦咦——！」」

異口同聲發出叫破喉嚨的驚叫聲。

◇

——時間回溯到稍早之前。

「嗯～～我令人懷念的故鄉啊！」

遙子從機場搭直達公車約兩個半小時，在天宮站前下車後吸了一大口氣，並且感慨萬千地伸了懶腰。

於大型電機廠商〈亞斯格特〉電子公司工作的遙子平常在總公司所在的美國生活，但還是土生土長的故鄉讓她自在多了。她望向聳立在車站前方的大樓、噴水池和神祕的狗狗雕像，一邊深呼吸讓故鄉的空氣在體內循環。

「來到這裡才終於有種回家的感覺呢。在機場時還會不小心冒出英語，現在語言才終於回歸到國語。」

「啊～～……我也不是不懂妳的心情啦。」

苦笑著如此回答的是站在她身邊的丈夫龍雄。

他戴著黑框眼鏡，看起來有些木訥，身穿薄大衣，推著一個大行李箱。

他跟遙子一樣是〈亞斯格特〉電子公司的職員。沒錯，遙子和龍雄這對夫妻同時前往海外工作。

遙子看著龍雄的臉，突然想起什麼似的搔了搔臉問道：

「對了，這次是怎麼回事？為什麼突然回來日本？我也很想士仔跟小琴啦，所以完全無所謂就是了。」

沒錯。遙子和龍雄每年的幾次長假都會回來日本——但是這次回國是刻意請了有薪假，突然決定的。

當然以往也有過這樣的例子，只是大部分都是因為遙子吵著說：「士道和琴里素不足……」很少像這次一樣是龍雄主動提出要回國。

「喔喔——」

聽見遙子提出的疑問，龍雄推了一下眼鏡，莞爾一笑說：

「這個嘛……我想讓小遙妳見一個人。」

「想讓我見一個人……？」

聽見這意味深長的話語，遙子歪了歪頭表示疑惑。

「究竟是誰？是新精靈嗎？」

〈拉塔托斯克〉保護的精靈如今頻繁出入五河家。遙子與龍雄已見過其中幾名精靈，但在兩人出發到美國後，又加入了兩名新精靈。

「我也想讓妳見見新精靈。不過，還有另一個特別的人，我想妳一定會嚇一跳。」

「咦！該不會是演歌界的女王，大道寺美雪吧？真的假的？」

「……抱歉，辜負妳的期待。」

龍雄由衷感到抱歉似的垂頭喪氣。遙子苦笑著拍了拍他的背。

「幹嘛那麼沮喪啦，我是開玩笑的。我會期待的，畢竟你很少請有薪假，應該是有什麼理由吧？」

「嗯，謝謝妳。」

遙子說完，龍雄微微垂下頭。這男人還是一樣沒有幽默感。遙子苦笑著接著說：

「總之，先回家吧？走吧——啊，在那之前，我先去一趟洗手間，等我一下。」

「嗯，我知道了。」

龍雄點頭答應。於是遙子輕輕揮揮手，走向化妝室。

「…………」

龍雄目送走向化妝室的遙子的背影，鬆了一口氣。

——到目前這個階段算是成功了。雖然遙子有些起疑，總之是隱瞞目的把她帶來日本了。

或許有人會認為這有什麼了不起，但對平常不會欺瞞遙子的龍雄來說，可是十分艱鉅的事。

不過，這全是為了看見遙子的笑容。龍雄緊緊握拳，為自己加油打氣。

龍雄突然請有薪假回日本的目的——就如同他剛才跟遙子說的，是為了介紹某個人物與她認識。

龍雄是在幾個星期前，因為工作瀏覽〈拉塔托斯克〉的資料庫時，發現了那個人的存在。

那名人物曾經是DEM Industry的巫師，不過龍雄看見她的名字和長相後，一時之間說不出話來。

這也難怪，因為那個人是——

「——唔，這個背影該不會……」

正當龍雄思考著這種事情的時候，後方突然傳來這樣的聲音。

「……！」

龍雄聽到聲音，反射性地回頭看向後方，便發現一名女孩站在那裡。

年齡大概是十四到十五歲左右吧。這名少女的特徵是將頭髮紮成馬尾，左眼下有一顆淚痣。個子雖小，站姿卻充滿威風凜凜的自信與氣魄，模樣彷彿一匹勇猛的狼。

「果然沒錯！好久不見了，龍雄前輩！」

然後少女面帶微笑如此說道。龍雄看見她的狀態，有種莫名的感慨。

這也難怪。因為她的模樣跟三十年前的那個時候一模一樣。

「嗯，好久不見了──真那。」

龍雄如此回答後，被喚作真那的少女便再次露出笑容。

沒錯，她便是崇宮真那──遙子三十年前行蹤不明的好友。

沒想到她竟然被ＤＥＭ綁架，消除記憶，成了巫師。不過，既然本人都已經站在眼前了，他也不得不相信。這種極其奇妙的感覺令龍雄不禁苦笑。

於是，真那也興味盎然地探頭看向龍雄的臉。

「哇啊～～都過三十年了，你都沒什麼變耶，前輩。」

「比不上妳就是了。」

龍雄聽了真那說的話，聳肩回答。是利用顯現裝置來操作代謝嗎？還是更單純地經過了冷凍睡眠？真那的模樣跟當時如出一轍。

「啊哈哈，那倒是。」

真那爽朗地笑道，然後像是想起什麼，眉毛抽動了一下。

「對了，遙子在哪裡？你們應該是一起來的吧？」

「她去洗手間了。放心吧，我還沒跟她說妳的事。」

「喔喔，那真是多謝了——呵呵，我能想像她看到我時大吃一驚的表情。」

說完，真那玩味似的盤起胳膊。實際上她也很期待吧，畢竟是時隔三十年的久別重逢。

「不過，真是嚇我一跳呢。龍雄前輩竟然和遙子結婚了，哎，這倒還在意料之內啦，不過沒想到你們是琴里的父母。」

「我也很驚訝啊，還以為〈拉塔托斯克〉的巫師不知不覺又多了一個，想不到上頭寫的名字竟然是崇宮真那。」

「這之間經歷了不少事。說到驚訝，你們現在也是兄長的父母吧？唔唔，真是傷腦筋，那我是不是也應該稱呼你們父親母親啊？」

真那表情苦惱地摩娑著下巴。

真那的哥哥崇宮真士是龍雄以前的朋友。他也跟真那一樣，在三十年前下落不明——歷經許多波折後，如今名為五河士道，成了龍雄與遙子的養子……不過，龍雄也是最近才知道這件事的內情。

「不用了，聽妳叫我父親感覺好奇怪耶……」

「呵呵，既然是兄長的父親，就等於我的父親啊。對吧，父親！」

「喂喂喂，饒了我吧。」

「有什麼關係嘛，父親，難得久別重逢！」

真那半開玩笑地牽起龍雄的手。她那天真無邪的模樣令龍雄無力地苦笑。

「哼～～哼哼哼～～……」

遙子走出車站化妝室後輕聲哼著歌，走回龍雄等待的地方。

一想到馬上就能見到士道和琴里，心裡便自然而然地雀躍起來。當然，自己並沒有事先通知他們今天回國的事。遙子和龍雄都喜歡給別人驚喜……不過因為這種個性，以前回國時反而受到驚嚇就是了。

話雖如此，自己早已知道精靈出入家中的事。許久沒見到她們了，也很期待跟她們見面。

「話說回來──」

遙子在路上自言自語。

她還期待著另一件事，就是剛才龍雄對她說的話。

「想讓我見一個人……究竟是誰？」

龍雄難得請假，可見頗有自信能讓遙子大吃一驚。到底是誰呢？想讓我跟那個人見面……也就是說，對方是自己不曾見過的人或是長期沒有交流的人吧。如此一來……

「啊！難不成是士仔的女朋友……？」

遙子挑了眉。順帶一提，對方是琴里的男朋友這個可能性也同時掠過她的腦海，但如果是這樣，龍雄的情緒應該會更加低落。

然而，換作是遙子，也會是同樣的心情。士道或琴里有了男女朋友固然令人開心，自己也會真心誠意地祝福他們，但若說自己一點都不落寞就是騙人的。

「這樣啊，原來驚喜也不一定全是好事……」

遙子搖搖頭，改變想法。沒錯，龍雄也有可能說著：「其實我欠債了……」介紹討債人；或是說著：「其實我打算以後靠唱嘻哈維生……」介紹音樂老師；或是說著：「其實我有其他喜歡的人了……」介紹小三或私生子給遙子認識。

「——呃，龍仔是不可能有以上這些情況發生的。啊哈哈！」

遙子笑了笑，甩開掠過自己腦海的想法。她早已逐一確認過龍雄的財務狀況，龍雄的歌藝也沒有好到能夢想靠音樂吃飯，更重要的是，龍雄怎麼可能會外遇——

「…………」

想到這裡，遙子沉默不語。她並非懷疑龍雄對自己的愛，但是龍雄確實滿令人不安，應該說他有些態度會讓女性誤會。他柔和的個性和理智的言行十分受女性同事歡迎，對誰都很溫柔，毫無防備又不擅拒絕……說起來，他最近好像偷偷摸摸在跟別人聯絡……？

「不不不，怎麼可能嘛……」

——就在這時，遙子停下腳步。

因為她看見前方有龍雄與——一名少女的身影。

大概是國中生吧，看起來很活潑的樣子。

若是這樣倒還好，那女孩有可能只是在問路。

問題在於那名少女牽著龍雄的手，十分親密地在說話。

「喂喂喂，饒了我吧。」

「有什麼關係嘛，父親，難得久別重逢！」

「——————」

聽見這段對話……

遙子的手機從手中滑落。

龍雄與真那在嬉鬧時，右方突然傳來東西掉落的聲音。

「咦？」

循聲望去，便發現遙子站在那裡，看來是不知何時從化妝室回來了。她臉色蒼白，像是看見什麼難以置信的畫面。

龍雄一時之間還以為她是因為看見昔日下落不行的好友而大吃一驚——然而，並非如此。她看起來不對勁，吃驚歸吃驚，卻不是驚喜或感動，而是戰慄或憤怒這類的情緒。

「父、父父父父父父父父父父……父親……？」

遙子伸出顫抖的手指著龍雄，發出錯愕的聲音說道。

「啊。」

龍雄聞言，瞪大了雙眼。

聽遙子這麼一說，從旁人的眼光看來，現在的狀況的確很容易招致嚴重的誤會。

「私、私生女……？而且年紀和小琴差不多……難不成，你想讓我見的人是——」

「不是的，小遙，妳聽我說，她是——」

「——龍仔，你這個花心大蘿蔔——！」

遙子大喊，打斷龍雄的話後就這麼跑走了。

◇

「嗚……嗚嗚……！事情就是這樣……！」

奔進五河家的遙子一把鼻涕一把眼淚地如此說道，吸了一下鼻水後，將士道泡的紅茶一口氣喝光。不是喝悶酒，而是喝悶奶茶。想必還有點燙，只見她稍微嗆了一下。

「爸爸怎麼可能……」

「一定是妳誤會了吧～～……？」

士道與琴里大致聽了事情的來龍去脈後，表情染上困惑之色，面面相覷。

這也難怪。畢竟是父親偷偷搞外遇，還生了個私生女。

不過父親龍雄一本正經，個性又溫柔，實在難以將他與藏有私生女的腥夫形象連結在一起。

而且士道經過與澪邂逅，恢復了「崇宮真士」的記憶，對他來說，遙子與龍雄不僅是他的養父母，也是昔日的友人。聽到兩人鬧分手，心情是五味雜陳。

「誤會？一個國中女生牽著他的手叫『父親』，還能怎麼誤會！我不在日本的期間，日本就形成了這種風俗習慣嗎！」

遙子粗魯地將茶杯放到茶托上，激動地吶喊……她說的也不無道理就是了。

話雖如此，自己總不能對雙親的離婚危機視而不見吧。士道想辦法安撫遙子的情緒，繼續說道：

「冷靜一點、冷靜一點。對方真的喊他『父親』嗎？會不會是妳聽錯了……」

「就是說呀～況且就算真的喊他『父親』，也未必是爸爸的意思，搞不好是會給零用錢的乾爹那種……」

「那也有問題好嗎～～～！」

聽見琴里說的話，遙子大喊。完全沒錯。士道望向琴里，像在表達「妳在亂說什麼啊」。於是琴里吐了吐舌回答：「抱歉～～……」

「啊啊，真是的……我老早就有危機意識了！那個人從以前就很有女人緣，有種自然會碰到豔遇的體質，但又不敢拒絕別人的邀請……！基本上他就是人太好了！才會被壞女人騙！」

遙子胡亂搔了搔頭，發出呻吟般的聲音。這話到底是褒是貶？聽得士道不禁露出苦笑。

「怎麼感覺像在秀恩愛……」

士道說完，遙子露出銳利的視線，接著說：

「總之！叛徒要讓他血債血還！敢偷吃，我就讓他生不如死！既然如此，乾脆敲他一大筆贍養費……！你跟小琴當然會跟我走對吧……！」

遙子猛然探出身子逼近士道和琴里。士道與琴里確實尚未成年，如果真的鬧到要離婚，就必

須選擇要跟父親或母親其中一方生活吧。

不過，這種事不能輕易做出決定。士道露出苦惱的表情後，像是要讓情緒激動的遙子冷靜下來似的，不疾不徐地接著說：

「如果妳說的是事實，那也無可奈何……但總之，先聽爸爸解釋吧。妳聽都不聽爸爸解釋就跑回家了吧？搞不好他有什麼苦衷啊。」

「沒錯、沒錯。我現在打電話給爸爸……」

說完，琴里拿出自己的手機熟練地觸碰螢幕。

遙子見狀，臉皺成一團，眼淚奪眶而出。

「嗚、嗚……嗚哇啊啊啊啊啊～～！連士仔跟小琴都不站在我這邊～～～～！這個家只有我孤軍奮戰～～～～～～～……！」

「啊……！媽媽！」

士道想制止也為時已晚。

遙子嚎啕大哭，直接從沙發上站起來，一溜煙奪門而出。

◇

「……真的非常抱歉，我胡鬧過頭了。」

真那打從心底感到抱歉地低頭道歉。龍雄苦笑著輕輕搖頭回答：

「真那，抬起頭吧。妳又沒有惡意。」

「是沒錯啦……可是招致了不必要的誤會。」

「啊哈哈……小遙個性比較急躁，容易誤會……」

龍雄搔了搔臉頰，撿起遙子掉落的手機，收進包包。

「這下子也沒辦法聯絡她了……不得已，先去我家吧。我想小遙應該也回家了。總之，先向她解釋，解釋完她一定會相信我的。」

「嗯，說得也是……」

真那吐了口氣打起精神後，再次抬起頭。龍雄微微首肯，推著行李箱穿過站前廣場。

「不過，沒想到她竟然沒有認出我，虧我們以前幾乎每天都見面呢。都三十年沒見了，也怪不得她認不出來……」

前往五河家的路上，真那摸了摸自己的臉，如此說道。

龍雄側眼看著這個畫面，面有難色地低吟：

「嗯～～我想這也是原因之一啦，但正常來說，根本不會認為以前的朋友還保持過去的樣貌吧。要不是資料庫有寫名字，我想我大概也認不出來……」

「啊，聽你這麼一說，還真的是耶。普通人是會變老的。」

真那這番話說得宛如居住在山中的仙人。龍雄不禁苦笑——不過實際上，以能永保年輕和能發揮超凡力量這層意義來說，巫師或許就跟仙人沒什麼兩樣吧。

兩人走在前往五河家的路上，一邊談話時，龍雄的手機突然震動起來。

他望向手機螢幕，上頭顯示著「琴里」的名字。龍雄輕觸螢幕，將手機抵在耳朵。

『喂？爸爸？媽媽剛剛哭著跑回家，又立刻跑出去了……私生女是怎麼回事？』

琴里一頭霧水地問道。龍雄聽見意料之中的話，眉頭深鎖。

「噢……嗯，這個嘛……」

龍雄簡單說明來龍去脈後，琴里吃驚地提高音量說：

『咦？是指真那嗎？話說，爸爸媽媽你們認識真那？什麼嘛，早告訴我不就得了……』

「抱歉。我原本想給小遙一個驚喜……」

『總之，我了解了。我們也會去找媽媽的。那麼，待會兒再聯絡。』

琴里如此說完便掛斷電話。於是，走在龍雄旁邊的真那一臉好奇地探頭看他並問道：

「是琴里嗎？她說什麼？」

「嗯……小遙果然先跑回家了，但是又哭著不知道跑去哪裡了……」

龍雄說完，真那說著「啊～～……」搔了搔臉頰，表示理解了。

「嗚……！嗚嗚……！」

離開五河家的遙子在周圍徘徊遊蕩，來到附近的公園。反正無處可去，就算有，她也不想讓別人看見她哭泣的醜陋模樣。

遙子坐在公園旁設置的長椅上，蜷起身子啜泣。春寒料峭，吹得遙子的心更加冰冷了。

「……！……」

不知哭了多久，遙子肩膀突然抽動了一下。

理由很單純。因為蜷起背部面朝地的遙子視野映入某人的雙腳。

「唔嗯……妳怎麼了？是否有何處疼痛？」

與此同時，頭上傳來這樣的聲音。遙子輕輕屏息，抬起頭。

站在眼前的是一名少女。她的五官有些稚氣，雙眸柔情似水，年紀應該跟琴里差不多。她的頭髮很長，大概有她一個人那麼長。她把長髮編成三股辮，圍繞在肩頭。

看來是擔心獨自縮成一團坐在長椅上的遙子而出聲關心。面對她的溫柔對待，孤單無助的遙子再次淚眼婆娑。

不過，這樣又會讓她擔心吧。遙子擦擦眼淚，搖了搖頭。

「……我沒事，不好意思讓妳擔心了。我並沒有受傷或生病。」

「唔嗯……」

遙子回答後，少女低吟般呢喃了一聲，坐到遙子旁邊。

「怎、怎麼了？妳幹嘛坐到我旁邊？」

「並非沒事吧。既未受傷亦未生病，卻在哭泣，可見事情非同小可。說來聽聽。只要向別人傾吐心事，心情就會不同喔。」

「咦……？可、可是……我怎麼好意思向陌生人傾吐心事……」

「唔嗯，那真是失禮了。妾身名為星宮六喰，住在這附近。」

少女直勾勾地盯著遙子的眼睛如此說道。遙子雖然心想自己根本不是這個意思，但面對少女認真無比的眼神，便不好意思反駁她。

「…………」

當然，遙子平常並不會對初次見面的人說出自己的遭遇，然而此刻另當別論。內心脆弱時有人對自己伸出援手是其中一個原因——重點是，遙子能感受到她真摯的眼瞳並未帶著嬉笑，而是打從心底關心。

「……呃，那我就恭敬不如從命，跟妳聊聊吧。」

遙子如此說道，有些猶豫地清了清喉嚨後娓娓道來。

數分鐘後——

「——事情就是這樣！妳不覺得很過分嗎！混帳～都已經有我這個美嬌娘了～～～！」

結果只有一開始有猶豫。實際上，遙子也很想向人吐露心聲吧。話越說越激動，最後明明沒喝酒，卻像在發酒瘋。

「唔嗯，原來如此……那真是過分呢。」

少女——六喰平心靜氣地聽著遙子說話，認真地附和，也難怪原本就想吐苦水的遙子會越說越激動。

「是不是！六喰妳也這麼覺得吧！果然只能跟他離婚了吧！」

「……唔嗯。」

不過，當遙子正在氣頭上說出這句話，六喰第一次露出為難的表情。然後，他摩娑著下巴做出思考的動作。

「嗯……妳怎麼了，六喰？」

遙子歪頭詢問後，六喰便低垂視線，搖頭回答：「沒事。」

「依妳所言，應該讓那種不守夫道之輩受點教訓為妙吧？」

「對！妳說得沒錯！」

「唔嗯。都已經有最愛的妻子了，還和其他女人暗通款曲，真是個負心漢。」

「就、就是說呀！啊啊，真是的，我一股火又冒上來了……！」

遙子用拳頭打另一隻手的掌心，憤恨地說道。六喰便盤起胳膊「嗯、嗯」地點了點頭。

「簡直卑劣得人面獸心、豬狗不如，真想一棍子打死他。」

然後開始吐出駭人的話。事情來得太過突然，連遙子也不禁大吃一驚。

「……咦？」

「通姦罪應該很適合他。不過那種獸慾入侵腦髓的色情狂，恐怕到死的那一瞬間都不明白自己何罪之有吧。」

「不、不……用不著那麼狠吧……他只是個老好人，又不擅拒絕別人，大概不是他主動，而是對方硬纏上他的……」

「竟然想把自己的罪推給別人嗎？真是低劣至極的垃圾。還是盡快與那種鼠輩斷絕關係，尋找新的夫婿吧。那些不顧及妳感受的子女也一樣，反正肯定像父親那樣，不是什麼好東西。最好趁尚未腐爛之前連根拔起，才是明智之舉。」

「沒……沒必要說到這種地步吧！」

這些唾罵惡毒得實在不像是六喰這種可愛的少女會說出口的，聽得遙子忍不住大叫出聲。

「雖然有私生女這種事絕對不能原諒，但妳又不了解龍仔，憑什麼這麼說他！而且，不關孩子們的事吧！他們都是好得我配不上的乖孩子——」

就在這時，遙子發現了一件事。

那就是默默聽著遙子說話的六喰露出溫柔的微笑。

「六喰，妳……」

「唔嗯——」

遙子呼喚她的名字後，她慢慢地點了點頭。

「妳之所以會憤怒、悲傷，無非是因為深愛妳的伴侶和孩子——倘若妳說的話屬實，問題的確很嚴重，或許結果免不了別離。」

「不過——」六喰繼續說：

「破壞容易復原難，所謂的家庭正是如此。妾身勸妳以平靜的心來判斷，無論結果如何，都不要讓自己後悔——別步上妾身的後塵。」

「…………」

六喰這番話與她悲傷的笑容，令遙子一時之間無言以對。

——恐怕六喰也曾發生過什麼故事吧。她的表情擁有十足的說服力，令人不禁如此推斷。

感覺激動的情緒急速冷卻下來……啊啊，仔細回想，六喰的忠告和士道、琴里兩人勸說自己的話大同小異。為什麼自己當時聽不進他們的話呢？後悔與羞愧的心情充滿肺腑。

這一記當頭棒喝才終於讓遙子冷靜下來。她用手抵著額頭，甩了甩頭，嘆了一大口氣後抬起頭說：

「……謝謝妳，我終於冷靜下來了。」

「不足掛齒……昔日亦有人在妾身難過之時伸出援手，妾身只是和那人做同樣的事罷了。」

說完，六喰的臉頰微微泛起紅暈。遙子輕輕瞇起眼睛問道：

「哦……那個人是男生嗎？」

「！妳為何會知道？」

「啊哈哈，直覺——這男人不錯嘛，要緊緊抓牢，別讓他被其他女生搶走嘍。」

「唔嗯……是這樣嗎？」

六喰摩娑著下巴低吟。那副模樣莫名地可愛，令遙子不禁莞爾一笑。

「總之，謝謝妳……我決定跟他好好談談。」

「嗯。」

六喰聞言，開心地微笑。

「——我這邊沒看到人。你那邊呢？」

「我也是，沒找到。」

真那搖搖頭說道，龍雄也做出類似的動作回答。

兩人目前位於東天宮住宅區的一角。真那與龍雄先順道回五河家放行李，再出門尋找失蹤的遙子，在家附近四處奔走。

士道和琴里也幫忙尋找遙子，但他們似乎也毫無進展。真那瞥了一眼並未顯示來電紀錄的手機螢幕後，嘆息道：

「究竟是跑到哪裡去了？她也沒幾個地方能去啊……」

「嗯……必須快點找到她，解開誤會才行……」

真那與龍雄一臉困擾地環抱雙臂，就在這個時候。

真那後方傳來「噗！噗～～」兩聲脫線的喇叭聲。

「咦？」

她像是被喇叭聲呼喚似的望向後方，於是看見一名騎著輕型機車的女性。她穿著鬆鬆垮垮的運動服和衣角脫線的外套，與塗漆微微剝落的安全帽和粗獷的防風眼鏡莫名搭調。

「嗨～～小真真，妳在這裡幹嘛？」

「二亞！」

真那認出女性的面貌後，瞪大雙眼，呼喚她的名字。沒錯，她就是住在市內的漫畫家，同時也是精靈本条二亞本人。

「……嗯？那邊那位紳士是誰？嗯嗯……裝作一副人畜無害眼鏡／誘受的模樣，其實是鬼畜眼鏡／天真攻吧。真是可怕。」

「我聽不懂妳在說什麼，但肯定不是什麼好話吧。」

真那翻白眼嘆了口氣後，正式介紹：

「這位是兄長與琴里的父親，〈亞斯格特〉電子公司的研究員，據說也有參與〈佛拉克西納斯〉的製作。另外，原因有點複雜，他也是我以前的前輩。」

「妳好，我是五河龍雄。」

「是喔～他是少年與妹妹的父親——然後，是製造〈佛拉克西納斯〉的人嗎？那真是厲害呢。不過，那艘艦艇的ＡＩ好像莫名愛針對我耶，應該是Bug吧？如果還在保固期間，能不能請你維修一下？」

「是、是這樣嗎？我沒有收到相關報告耶……」

龍雄一臉困惑地搔了搔臉頰。真那無力地露出苦笑，接著說：

「——前輩，這位是精靈二亞。」

「咦！精靈嗎？」

真那介紹完，龍雄再次凝視二亞。二亞感受到他的視線，故意做出嫵媚的動作，「嗯哼～～～」了一聲。真那見狀，嘆了一口氣。

「是的。不過她說的話有七成都是隨便亂說的，用不著太認真。」

「咻～～妳還是一如既往地冷酷呢，小真真。」

說完，二亞哈哈大笑。真那本來不怎麼在意這件事，不過龍雄似乎有別人說什麼就信什麼的傾向，必須事先提醒他。

「嗯～～五河龍雄……少年與妹妹的爸爸啊……」

二亞摩娑著下巴，像在思考事情的樣子。真那一臉狐疑地歪頭詢問：

「有問題嗎？」

「沒什麼，我只是在想要幫他取什麼外號。大家不是都很期待我會幫人取什麼外號嗎？」

「根本沒人在期待吧……」

儘管外號被取為小真真這種像某魷魚絲品牌的真那擺出一張臭臉，二亞也滿不在乎的樣子。

她靈光一現般拍了手，說道：

「嗯，這次取得簡單明瞭一點，就叫『把拔』吧。」

「……拜託不要，感覺能預料到之後事情會有什麼發展。」

真那嘆息著搖頭否定，龍雄也一臉困擾地露出苦笑。

「咦，妳那是什麼奇怪的拒絕方式。發生什麼事了嗎？」

二亞眨了眨眼。「其實……」真那與龍雄對望了一眼後，簡單說明事情發生的經過。

「嗯嗯，原來如此、原來如此……是經典的誤會橋段啊。」

二亞交抱雙臂，「嗯、嗯」地點頭說道，勾起嘴角。

「不過，遇到這種事，你們還真是走運呢。」

「咦？」

真那與龍雄雙眼圓睜後，二亞便豎起一根手指，「嘖、嘖」地左右擺動。

「你們忘記我是誰了嗎？我可是擁有天下無敵、無所不知的天使〈囁告篇帙〉的超級美女精靈女孩二亞耶～～」

「啊——」

聽見二亞說的話，真那發出短促的聲音。

聽她這麼一說，還真是如此。她擁有的書籍天使〈囁告篇帙〉又被稱為無所不知的天使，可以「知曉」這世上的一切事物，擁有開外掛等級的力量。要調查遙子所在地，這種小事根本輕而易舉。

「對喔……妳說得沒錯。」

「嗯呵呵～～就是這樣。除了她所在的地方，連她在做什麼我全都知道～～雖然無法看透她的內心，從她的言行舉動大概能猜出她是否在生氣。只要趁她心情平靜下來時突擊就好。」

「原來如此……還真有效率。因為〈囁告篇帙〉有種屬於時崎狂三的印象，我才沒有反應過來。」

「誰、誰是下位相容性啊～～！」

真那說完，二亞忍不住大喊。與DEM最終決戰時，歷經許多事情後，狂三也擁有了〈囁告篇帙〉。看來二亞也有點在意這件事。

「真是的，如果妳要說這種話，我就不幫妳查了喔～～！」

「啊啊，抱歉、抱歉，拜託妳了。」

「真拿妳沒辦法喵……」

二亞嘟起嘴脣如此說道，然後彈了一個響指。

隨後，光粒逐漸聚合在一起，形成一本書。

「喔喔……！」

看見這副光景，龍雄發出驚訝的聲音。不過，這也難怪。即使閱讀過資料，這肯定也是他第一次現場目睹天使顯現的瞬間吧。

龍雄的反應似乎令二亞的心情變好，只見她莞爾一笑，用手指觸碰書頁。

然後閉上雙眼集中意識，滑動手指輕撫紙面。

「嗯……好像沒有離開住宅區。嗯？有人在她旁邊。這是……小六？」

「六喰嗎？」

聽見出乎意料的名字，真那瞪大了雙眼。星宮六喰，和二亞一樣是被士道封印靈力的精靈。是遙子一個人的時候遇到的嗎？

二亞沒有回答，閉著眼睛，眉毛抽動了一下。

「嗚哇，她看起來超不爽的。剛才心情好像滿平靜的，但是現在一副火冒三丈的樣子，氣得背景都能看見熊熊怒火了。手顫抖得好厲害，視線前方……在盯著什麼……？出軌現場？不只私生女，連小三都出現了？這是——」

就在這時，二亞發現了什麼似的瞪大雙眼，望向右方。真那與龍雄也跟著看過去。

「——啊。」

然後看見不知何時出現在那裡，一臉憤怒的遙子。

她的眼神看起來明顯誤會了什麼。

「偏、偏、偏——」

「小、小遙！」

「偏偏跟這種女人～～～～～～～！」

遙子聽都不聽龍雄說話，哭著跑走了。

遙子奔跑在住宅區的街道上，內心感到無比後悔。

在六喰的說服下，遙子心念一轉，本想聽聽龍雄的解釋而走在回家的路上，結果剛好碰見龍雄。

而且還有另一個不是私生女（暫定）的女人陪侍在側，看起來十分親密和睦。遙子身為女人的第六感告訴她——那女人肯定是私生女（暫定）的母親。

「嗚哇啊啊啊啊啊～～！龍仔你這個大笨蛋～～～～～！」

遙子眼淚撲簌簌地掉，跑在街道上。

若說她完全沒有做好心理準備是騙人的，只是她萬萬沒想到竟然會剛好撞見偷情現場。而且、而且，對方竟然是那種類型的女人。穿著鬆鬆垮垮、俗氣到不行的運動服，臉龐疲憊得宛如一名剛趕完稿的漫畫家，是和遙子完全不同類型的女人。內心情緒一片混亂。同樣的味道吃膩了，偶爾也想嚐嚐不同滋味是男人的本性嗎？還是他本來就喜歡那種邋遢的女人？啊啊，啊啊，可惡，早說嘛，那她也會熬個通宵，穿上老土的運動服——

下一瞬間——遙子的思考被一道尖銳的喇叭聲打斷。

然後，她明白了自己所處的狀況。

沒錯。當她衝出馬路，打算穿越十字路口的瞬間，看見一輛高速奔馳的汽車從左方衝過來。

「危險！」

「遙子！」

「啊──」

她半無意識地從喉嚨發出短促的聲音。

事發突然，遙子身體僵硬得無法動彈。相反地，她的意識卻十分冷靜地掌握狀況。

感覺就像時間放慢了數百倍一樣。這就是所謂的走馬燈嗎？各式各樣的光景掠過腦海。

「──」

遙子這才發現一幕接著一幕出現的光景，盡是士道、琴里與龍雄的臉。

──沒什麼大不了的。儘管才發生老公外遇這種事，自己還是愛著他──

「小遙────！」

就在這時，伴隨著這聲吶喊，遙子感受到被人一把緊抱住的觸感。

那個人是誰，用膝蓋想也知道──是龍雄。龍雄從後方跑過來，撲向遙子，將她護在懷裡。

然而──為時已晚，車子早已逼近眼前。就這個時間點來說，恐怕無法徹底閃避。就算遙子得救，龍雄也會犧牲。

在壓縮的意識中，遙子想到了一種可能性。

──莫非這就是龍雄的目的？

「不行，龍──」

然而，當遙子正要呼喊龍雄的那瞬間——

世界靜止了。

「咦……？」

包裹住全身的奇妙感覺令遙子不禁眨了眨眼。就像是有一雙隱形的巨手緊抱住遙子、龍雄與逼近的車子。

遙子與龍雄彷彿滑翔空中般飄浮，避開汽車，等汽車通過馬路後才輕柔地落地。

「剛才那是——」

「痛痛痛……小遙，妳沒事吧……」

當遙子怔怔地瞪大雙眼時，墊在她底下的龍雄發出呻吟。

「啊……嗯。你……」

就在這時，遙子發現龍雄緊抱著保護她的手正好按在她的胸口。

「……連這種時候，你都不改本性啊，龍仔。」

「啊……抱歉，我不是故意的……」

龍雄連忙把手拿開。遙子輕聲嘆息著露出苦笑。

「沒關係，我明白……謝謝你救了我。」

遙子如此說完，左顧右盼環視四周。

「……話說回來，到底發生了什麼事？難道龍仔你因為陷入危機，激發出超能力了嗎？」

「不，不是我。那大概是──隨意領域吧。」

龍雄調整歪掉的眼鏡說道。隨意領域，那是巫師利用顯現狀置所展開的類似結界的東西。若是如此，的確能引起剛才那樣的現象。

「可是，究竟是誰展開了隨意領域──」

「──真是的，妳還是一樣冒冒失失呢，遙子。請不要讓龍雄前輩太為妳這傢伙操心啦。」

這時──

上方傳來這樣的聲音，正巧回答了遙子的疑問。

循聲望去，發現是一名少女。是龍雄的私生女（暫定）。

「咦──」

遙子不禁屏住呼吸。

那副站姿、那張容貌，以及那頗具特色的說話語氣。

與記憶中某個少女相似度高得驚人。

然而，不可能是她。因為她在三十年前下落不明，而且年紀與遙子相仿。

可是現在站在眼前的少女「實在太像她了」，像得令人無視一切道理與常識。遙子有些發愣地仰望那張臉，並且發出顫抖的聲音：

「真、那……？」

聽見遙子說的話——

「——是我，好久不見了，遙子。」

崇宮真那露出與那時一模一樣的笑容，如此回答。

◇

「搞什麼嘛！原來是這樣啊！龍仔你這個笨蛋！如果是這樣，幹嘛不早說！」

「嗯，我本來是打算告訴妳的……」

「哈哈……反正誤會解開了就好。」

士道在五河家的客廳聽著遙子與龍雄的對話，無力地露出苦笑。

兩人似乎在士道和琴里到處尋找遙子時吵了一架，後來圓滿解決了。士道與琴里不約而同地四目相交，同時鬆了一口氣。

「話說回來，沒想到真那竟然被DEM擄走，成了巫師啊……那段日子，妳過得還好嗎？」

遙子一臉擔憂地詢問後，坐在對面沙發的真那便誇張地聳了聳肩，回答：

「還好。雖然身體好像被動了許多手腳，現在都治好了。重點是打敗了那個討人厭的總裁，痛快多了。」

「呵呵……妳這爽朗的個性真是一點都沒變，那我就放心了。」

遙子笑著擦拭眼角。

其實也能夠體會遙子的心情，畢竟可以與本以為再也見不到的好友重逢。這副光景對在之前的戰役恢復真士記憶的士道而言，也是感慨萬千。

就在這時，遙子想起什麼似的拍了手說：「對了！」接著望向坐在真那旁邊的六喰與二亞。兩人似乎分別偶然遇見了遙子與龍雄。

「必須重新跟精靈們打個招呼呢——我是五河遙子，平常士仔和小琴受妳們照顧了。」

「唔嗯，並無此事。反而是妾身等人受他們照顧了。」

「沒錯沒錯，別放在心上。話說，五河媽媽，妳剛才是不是說了『偏偏跟這種女人～～～～～！』啊？這種女人是哪種女人？應該不是指我吧？對吧？」

六喰面帶笑容回應，二亞則是笑咪咪地歪過頭。遙子見狀，臉頰流下汗水，移開視線。

「話、話說回來，當時的龍仔真是太帥了～～！看見我遭遇危險，立刻颯爽地出現，救我脫離險境！真想讓士仔還有小琴你們也見識見識他的英姿～～！」

遙子動作誇張地激動說道。龍雄難為情地搔了搔頭。

「啊哈哈……結果我一個人救不了她，最後還是靠真那出手幫助。」

「這不是問題。重點在於你救了我……不過，下次你可別這麼亂來了。要是你有個三長兩短，我可怎麼辦才好。」

「小遙……」

「龍仔……」

兩人深情款款地凝視對方。看來度過危機後，兩人的感情更加甜蜜了。看著他們一副新婚燕爾的模樣，士道不禁露出苦笑。

「實在看不出兩人剛才還在鬧離婚呢。」

「哎，畢竟爸爸不可能外遇嘛～～」

琴里聳了聳肩如此說道。「真受不了他們。」士道也做出同樣的動作。

就在這時——

「——哎呀。」

客廳的門突然打開，傳來這樣的聲音。

還以為是住在隔壁公寓的精靈跑來串門子——然而，並非如此。出現在那裡的，是將髮色很淡的頭髮紮成一束的少女。

她是瑪莉亞，空中艦艇〈佛拉克西納斯〉的ＡＩ，現在是利用顯現裝置和天使的能力獲得實際身體的樣貌。

「噢，是瑪莉亞啊。歡迎光臨。」

「是我，看來有稀客駕到呢，士道。」

瑪莉亞興味盎然地看著客廳裡的遙子和龍雄，然後踏著安靜的步伐走了過來。

接著站到龍雄的面前，優雅一笑開口說：

「我一直很想見你呢──爸爸。」

「什麼……！」

聽見瑪莉亞說的話，直到剛才還笑容滿面的遙子表情突然凍結。龍雄則是一副搞不清楚狀況的樣子，目瞪口呆。

……呃，瑪莉亞是〈佛拉克西納斯〉的AI，遙子和龍雄的確可說是她的生父生母──

「妳也挑一下時機嘛，瑪莉亞～～～～！」

士道哀號後，好不容易才拉住再次泛淚想奔出家門的遙子的手。

精靈露營趣

CampingSPIRIT

DATE A LIVE ENCORE 10

人出門旅遊的理由五花八門。

有人是為了增廣見聞而前往未知之地；也有人是渴望來場新的邂逅而踏上旅程；想必也有單純為了觀光的小旅行，即使是被編進課程的教育旅行或遠足，也是像樣的旅行。

當然，有人離鄉背井以隱匿行蹤，也有人為了禁忌之愛遠走高飛吧。

抑或是──

「──達～～令～～～～～！琴里～～～～～～！大大大大事不好了～～～～！……咦？DEM？不是啦。人家這個月畢業，卻因為各種騷動，沒辦法參加畢業旅行啦～～！哇啊～～！人家太可憐了～～！這樣下去，人家欲求不滿怎麼辦啦啦啦啦！嗚、嗚嗚……達……達令、琴里，你們快逃吧……！人家突然覺得你們兩個看起來好美味啊……嘎吼喔喔喔喔喔！」

……當紅偶像突然跑來家裡脫口說出這種話，然後撲了過來，因此不得不計劃旅行。也無法完全否定有這種可能性。

就這樣，決定舉辦精靈的畢業旅行。

◇

「嗯——」

從樹葉間傾瀉而下的陽光閃閃發光，五河士道聽著「嘩啦嘩啦」的水聲，伸了個大懶腰。

放眼望向四周，能看見零星生長的樹木和修整完善的廣場。緩緩流動的清澈河川，偶爾還會傳來鳥叫蟲鳴聲。雖然不是原始的大自然，這種程度反而更適合城市人享受吧。

不知道是因為淡季還是〈拉塔托斯克〉私下安排，抑或是本來就沒什麼人來，除了士道一行人，看不見其他人的身影。士道再次向後仰，好讓全身感受新鮮的空氣。

「偶爾這樣也不錯呢。」

「就是說呀。雖然起因有點那個，出來放放風也不錯。」

士道說完，他身旁的妹妹琴里晃著紮成雙馬尾的髮尾，點頭表示認同。她穿著涼爽的T恤和褲裙，打扮得很休閒，嘴裡含著愛吃的加倍佳棒棒糖。

沒錯。士道一行人來到從家裡開車約需兩小時車程的河畔露營場。

當然，士道和琴里要旅行，精靈們一定會跟來。望向河川的方向，便能看見各自換上泳裝的

十香與四糸乃等人玩水玩得正開心的模樣。

時值三月，雖說是春天，但照理說要下河玩水，時節還有些太早。

不過，不可思議的是從決定這場旅行的瞬間開始，氣溫便直線上升，如今氣候已宛如初夏。彷彿統治世界的神明知道他們要去露營，便識相地配合，天氣異常得恰到好處。士道一時之間還懷疑是〈拉塔托斯克〉出手干預，但琴里似乎一無所知。竟然有這等奇妙的事。

「喂～～！士道！琴里！你們不過來玩水嗎？」

「很涼很舒服喲。」

說完，十香等人面向士道這邊，朝氣蓬勃地揮手。「好，馬上過去。」士道也揮手回應後，挪動視線確認其他面孔。

能看見與十香、四糸乃一起玩水的折紙、七罪、六喰；在河岸尋找平石，比賽哪一方打水漂打得多的耶俱矢和夕弦；在河邊望著大家，笑咪咪的狂三；以及早已打開罐裝啤酒的二亞。

「……對了，關鍵人物美九——」

「——呀啊啊啊啊啊！」

士道話還沒說完，便聽見河川的方向傳來尖叫聲。

用膝蓋想也知道，是美九。她和大家一樣穿著泳裝，盯著其他人，雙眸閃閃發光。

「在清澈的溪流玩水的清純天使們……！啊啊，啊啊，這真的是現世嗎！人家該不會在不知不覺間被卡車撞到，來到天堂了吧！呼～呼～……人家忍不住了～！美九進攻！」

美九如此吶喊，跳進河裡，然後「嘩啦嘩啦」地濺起水花，逼近正在河裡玩水的十香等人。

「什麼！好驚人的速度！」

「唔嗯……實在不像人的動作……！」

「呀——————！」

精靈們頓時鳥獸散似的逃之夭夭。其中，慢了一步的七罪被美九逮個正著，那副模樣彷彿一隻來河邊喝水時被鱷魚攻擊的可憐小鹿。

琴里見狀，吐了一口氣。

「太好了，看來美九心情平復了許多。」

「是啊。」

士道也輕輕點頭，如此回答。

不過幾秒後又歪了歪頭發出疑問：「……嗯？」總覺得有些不對勁，自己好像感覺麻痺了。

哎，話雖如此，美九玩得開心這件事本身倒是沒有異議就是了。士道再次將大家的身影收進眼底，嘆了一口長氣。

「畢業旅行啊……時間過得真快，已經來到這個時期了嗎？」

「哎呀，怎麼啦？突然感傷了起來，又不是自己要畢業。」

士道感慨萬千地說道，琴里便有些意外又帶點調侃地望向他。

「是沒錯啦。該怎麼說呢……只是覺得這一年發生了好多事啊。能像這樣大夥兒一起來露營，就像作夢一樣。」

「呵呵……或許是吧。」

這次琴里也不開玩笑，瞇起眼睛，微微聳了聳肩。

不過，這也是理所當然的事。因為上個月士道等人才剛經歷過一場賭上性命的大決戰。

雖然好不容易獲得勝利，現在的和平無非是建立在許多犧牲與損失上。一想到這裡，就覺得這稀鬆平常的時光十分難得。

琴里似乎也感受到了他的心情，只見她莞爾一笑後當場站了起來。

「——那我們就留下美好的回憶吧。」

然後如此說道，慢慢地脫下T恤。

「！喂，琴里——」

「你緊張什麼，我裡面有穿泳裝。」

士道反射性地想移開視線，琴里便露出頑皮的笑容如此說道，朝他伸出手。

「你也一起來吧。」

「……好。」

明知道琴里衣服裡面穿著泳裝，不知為何還是忍不住移開視線。士道對這件事感到有些難為情，仍牽起琴里的手站起來，走向大家正在玩水的河川。

不知道玩了多久，士道安撫美九，把她與七罪分開後，大家一起玩水（結果跟剛才一樣，變成捉迷藏），接著跟八舞姊妹會合，一起打水漂（靠力氣的十香與靠技巧的折紙展開勢均力敵的激烈對決），然後把狂三和二亞拉來一起釣魚（順帶一提，這時二亞已經喝醉，即使魚上鉤，她也只是昏昏欲睡地在划船）。

回到河邊的行李放置處，士道拿起手機確認時間，手扠著腰迅速站起來。

「好了……差不多該準備吃飯了。」

「喔喔，是晚餐嗎？你今天要做什麼？」

大概是聽見「吃飯」這兩個字，只見十香露出閃閃發光的眼神問道。士道指著他們開來的汽車方向，回答：

「難得來露營，就吃烤肉吧。我有帶木炭跟烤肉爐，還可以把剛才釣到的魚拿來鹽烤。」

「什麼！可以吃到剛釣上來的魚嗎！」

十香探出身子，眼神更加閃耀燦爛。於是，美九貼在十香背上緊抱住她，一臉不滿地嘟起嘴

說：

「咦咦～～時間還早嘛～～再玩一下下啦～～達令～～」

「我也很想這樣，但因為不是我平常用慣的廚房，再不開始準備我怕來不及。妳也不想沒晚餐吃吧？」

「是沒錯啦……」

美九一邊說一邊耍賴似的用臉磨蹭十香的後頸。十香覺得很癢似的扭動身子。

「而且，帳篷也還沒搭好吧？必須在天色變暗之前搭好才行。」

士道說完，從河裡走上來的琴里點頭表示認同。

「說得對。很多人都沒搭過帳篷，最好早點開始準備。最近的帳篷都號稱搭起來很簡單，但那不過是和以前相比之下較為簡單。」

「我倒是搭帳篷搭習慣了。」

「……喔喔，嗯，折紙妳可能是這樣沒錯。」

琴里對豎起大拇指這麼說的折紙露出苦笑。折紙以前是隸屬於陸自ＡＳＴ的巫師，接受過這方面的訓練也不足為奇。

不過，人數也是一個問題。要搭能容納所有人睡覺的帳篷想必不容易吧。士道如此判斷後，頷首說：

「那我來準備晚餐，就拜託大家搭帳篷了。」

「咦？可是你一個人……」

琴里皺起眉頭說道。士道笑了笑，擺擺手說：

「沒問題啦。我已經習慣組裝烤肉爐，也帶了點火用的噴火槍。」

「唔～～……哎，你說的是沒錯啦……」

正當琴里盤起胳膊發出低吟時，美九想起什麼似的猛然抬起頭。

「這樣啊～～！那就交給達令準備晚餐，我們來搭帳篷吧！好嗎！好了、好了，大家也一起來搭～～！」

然後有些裝腔作勢地如此說道，拉著大家的手。「啊，等一下……」琴里等人感到困惑，不久還是輸給她的氣勢，乖乖走向廣場。

「……？美九那傢伙是怎麼回事？」

獨自留在河邊的士道對美九突然改變態度感到疑惑。剛才還那麼不滿，她的心境究竟發生了何種轉變？

不過，想也沒用。士道走向車子，準備把烤肉爐拿出來組裝。

「嗯呵呵～～……來到這附近就沒問題了吧～～」

美九拉著十香和琴里的手，帶領精靈們來到廣場，直到看不見士道的身影才露出笑容。

精靈們見狀，一臉不解地望向她。

「什麼沒問題？」

「要搭帳篷是吧……？那必須去車上拿過來……」

七罪與四糸乃歪頭說道，美九便加深臉上的笑意，豎起一根手指說：

「其實，人家有一個提議……」

「「……？」」

精靈們面面相覷。美九凝視著她們，說出她的「提議」。

◇

於是，不久後——

「——我要開動了。」

「「我要開動了！」」

聚集在烤肉爐周圍的精靈們像在回應士道的號令，同時雙手合十。

「好，那我要盡量烤嘍。炭火烤得很快，容易燒焦，要注意。」

士道拿著烤肉夾將切成容易入口的肉類、蔬菜和事先處理過的魚等食材一個接一個放到烤肉網上。白煙隨著滋滋作響的聲音裊裊升起，四周瀰漫著香氣。

「喔喔……好香喔！」

「哈哈，對吧？用炭火烤就是香。」

十香眼睛閃閃發光，鼻子抽動著。看見她那逗趣的模樣，士道不禁嘴角上揚。

雖然比預料中多花了一點時間，幸虧途中有十香、夕弦、狂三和四糸乃的幫忙，才順利準備好晚餐。

時間是晚上七點。夜幕才剛降臨，四周已經黑得宛如深夜。如果沒有士道剛才點燃的篝火與高輸出功率的提燈，恐怕連站在附近的人的臉龐都看不到。

不過，即使是如此幽暗的狀況，對現在的士道等人來說也不過是點綴非日常的一種香料。周圍沒有牆壁、地板和天花板的餐桌，折疊式的簡樸椅子，瀰漫四周的炭香味。以上要素交織在一起，令人感覺這個場所就像是與平常有些不同的世界。

不久，網上的食材烤好了。「好了，這邊的東西應該可以吃了。」士道說完，精靈們便迫不及待地動著免洗筷。

「嗯嗯！好好吃喔，士道！」

「哦，原來如此……這便是地獄業火的威力嗎？本宮很滿意，予以讚賞。」

「驚嘆。的確很好吃。或許跟地點也有關係。」

精靈們吃肉和蔬菜吃得津津有味。士道莞爾一笑，再把新的食材放到烤肉網上。

「在外面吃確實感覺特別好吃耶。」

「唔嗯。大家一起享用，也是覺得美味的原因之一吧。」

「喔喔，搞不好是喔。」

六喰嚼完蔬菜後說道。於是，士道點頭回應她。

「……嗯？」

就在這時，士道眉毛微微抽動了一下。因為大家正在用餐，卻有兩名精靈從剛才就完全沒有動筷子。

一名是一手拿著罐裝啤酒，點著頭打盹兒的二亞。

另外一名則是精疲力盡地靠在折疊椅上的七罪。順帶一提，感覺她的衣服和皮膚莫名地髒。

二亞就算了，七罪的狀態實在令人擔憂。士道走近一步，探頭看她的臉。

「七罪？妳怎麼了？」

「……咦？啊，沒事……只是有點累而已……」

士道出聲關心後，七罪肩膀抖了一下，抬起頭。

「這樣啊……畢竟玩水後又去搭不熟悉怎麼搭的帳篷嘛。辛苦妳了。」

「……不，帳篷還沒……」

「咦？」

七罪輕聲說道，士道歪頭表示疑惑。於是，七罪突然一驚，開始支支吾吾。

「——士道。」

就在這時，背後傳來這樣的聲音。士道循聲望去，便看見折紙的身影。

「這裡的食材也可以拿去烤嗎？」

「嗯？喔喔，當然可以。」

士道如此回答後便回到烤肉爐那邊。

這時，折紙與七罪好像互相使了個眼色……大概是自己多心了吧。

「夜晚才剛開始呢。我還準備了烤雞肉串、烤飯糰以及鐵板，也可以做炒麵喔。」

「什麼……！竟然還準備了這些東西嗎！」

「哎呀呀，這下子得小心吃太多了。」

「唔唔……烤雞肉串……！二亞最～～愛吃烤雞肉串了～～……」

精靈們聽見士道說的話便騷動起來，就連在椅子上打瞌睡的二亞也舉起啤酒罐，抬起頭。

士道見狀，苦笑著將下一個食材放到烤肉網上。四周飄散有別於剛才的香味，刺激著精靈本應已經吃飽的胃。

就這樣，畢業旅行露營的第一天夜漸深了。

大家大快朵頤飽餐一頓後，升起簡單的營火，圍著營火天南地北地暢談或是仰望天空觀賞星星，度過只有在野外才能享受的夜晚。

黑夜會引發人根本性的恐懼，但只要在黑暗中燃起一道火光，便能產生一種奇妙的連帶感。雖然不是基於這個理由才來露營當作畢業旅行，但士道沉浸在暗夜中流逝的平靜時光，再次覺得幸好選擇了這裡作為旅行地點。

「——呼啊～～……」

不知道過了多久，六喰突然微微打了個呵欠。

「哈哈，畢竟今天一直在勞動嘛，肯定累了吧。」

「唔嗯……沒那回事。妾身尚有精神得很。」

六喰揉著睏倦的眼睛說道。

士道從口袋拿出手機看了螢幕後，發現已經十點多了，也難怪平常早睡早起的六喰睡意濃厚。士道輕輕伸了懶腰，從椅子上站起來。

「那差不多該睡了吧。我也有點想睡了——帳篷是搭在廣場那邊吧？」

於是——

「「…………！」」

就在士道這麼說的瞬間，精靈之間充滿了緊張的氣氛，就連前一刻還睡眼惺忪的六喰也突然睡意全消。

「咦？我說了什麼奇怪的話嗎？」

突如其來的氣氛變化令士道感到困惑，於是精靈們同時從椅子上起身，開始分成兩人一組。

「妳、妳們幹嘛……？」

士道覺得莫名其妙，一臉疑惑地皺起眉頭。接著，美九向前踏出一步，面帶笑容出聲說道：

「——呵呵呵。在達令你為我們準備晚餐時，我們玩了一個小遊戲～」

「遊戲？」

士道詢問後，美九便回答：「是的～」

「要在場所有人全睡在一個帳篷，恐怕空間有限～所以我們畫鬼腳圖，分成兩人一組，各自搭建『自己設想的最強睡覺場所』～」

「是喔……」

沒想到她們竟然在士道準備晚餐時做了這種事。士道雙眼圓睜，摩娑著下巴。

不過，既然沒辦法所有人睡在一個帳篷，當然需要好幾張臥鋪。那麼分組比賽或許也是個有趣的嘗試。

「所以～～接下來會一一介紹每個小組所搭的睡房，希望達令選出最棒的～～」

「喔喔，原來如此。那倒是沒問——」

美九說完，士道點頭答應到一半。

然而——

「選出來後，你今晚就必須和那一組的人一起睡～～」

「………啥？」

聽見美九後來的發言，士道暫時停止動作。

「……呃，妳剛才說什麼？」

「人家是說～～要請你在覺得最棒的地方過夜。」

美九眨了眼說道。看來自己並沒有聽錯。士道流著冷汗，搖頭拒絕：

「不不不不！這樣很奇怪吧！通常搭了幾個帳篷，不是應該有一個是給男生睡的嗎！」

「咦咦～～這樣多沒意思……以我們纖細的手臂，光是準備人數份的睡房，就已經精疲力盡了～～嗚嗚！」

「妳差點說出真心話了吧，喂！總之，不行。這樣我沒辦法選——」

說到這裡，士道閉口不語。

理由很單純。因為圍在營火旁的精靈們露出「難得我們這麼努力搭建，你不看看嗎……？」

的眼神凝視著士道。

「唔……」

接收到這種眼神，真是傷腦筋。士道煩惱了數秒後，嘆了一大口氣。

「……那我就先看看吧。」

「「……！」」

士道說完，精靈們立刻容光煥發──下一瞬間，眼中燃起鬥志。

「我看看……第一組是十香和夕弦這一組吧。」

「嗯！」

「首肯。麻煩你了，士道。」

士道說完，十香與夕弦誇張地點點頭，帶著士道走向廣場。士道跟隨兩人，在漆黑的夜路上前進。

不久後，十香與夕弦停下腳步，點亮提燈。於是被黑暗包圍的廣場立刻明亮起來，顯現出搭在那裡的帳篷全貌。

「喔喔──」

士道看見帳篷後，不由得瞪大雙眼。

拉緊的繩索，深深釘入地面的樁子。鮮黃色帳篷搭得十分完美，實在不像新手能搭出來的。

「哇啊，很厲害嘛。搭得很像樣耶，比我還厲害。」

士道老實地表示讚賞後，夕弦便得意洋洋地用鼻子哼了一聲，說道：

「當然。夕弦可是與耶俱矢進行求生對決獲勝的人，搭個帳篷根本是小意思。十香也很快就記住搭建步驟，幫了不少忙。」

「嗯！沒想到能這麼快就搭好睡覺的地方。帳篷真是方便的東西呢！不過，不只這樣喔。你也進去裡面看看吧！」

十香拍了拍胸脯說道。士道微微歪過頭一臉疑惑，接著跪下進入帳篷。

一進去馬上發現帳篷底下似乎鋪了隔熱墊。白天雖然很溫暖，但到了夜晚氣溫可能會下降。在小細節表現出體貼，令人感到歡喜。

「喔，這是……」

「原來如此，連裡面都這麼講究啊。我評價很高喔。」

「……？你在說什麼啊？快看看睡袋的枕頭。」

「咦？」

看來十香想展現的重點在別的地方。士道照她所說，望向睡袋枕頭。那裡有東西被蓋住，不自然地鼓起。

士道疑惑地皺起眉頭，把布掀開。結果出現的是大量餅乾、巧克力等零食。

「這、這是……」

「嗯！是宵夜！」

士道說完，十香便得意洋洋地交抱雙臂高聲回答。

「……呵呵，怎麼樣啊，士道？選擇我們的帳篷，半夜就不會餓肚子嘍。」

十香壓低聲音，露出有些使壞的表情低喃。她似乎認為藏零食是接近犯規之事。她的表情透露著激昂與些許罪惡感，以及用這件壞事誘惑士道，暗自獲得類似快感的情緒。

「哈哈……原來如此。那可真不錯呢。」

士道臉頰流下汗水苦笑道。不過，才剛吃烤肉飽餐一頓，士道實在不認為自己會那麼快就肚子餓。

「——制止。你該不會以為這樣就結束了吧？」

好像還有其他巧思。士道正打算走出帳篷時，夕弦擋住了他的去路。

「咦？」

「指摘。這裡是帳篷，終究只是睡覺的地方。那麼最重要的難道不是睡起來舒不舒服嗎？」

「或許是這樣沒錯啦……」

士道回答後，夕弦與十香互相使了眼色，來到帳篷外。接著傳來衣物磨擦的窸窣聲後，再次進入帳篷。

——兩人身上穿著毛絨絨的居家服，帽子上還附有耳朵。

「什麼……！」

兩人不知是何時準備了如此可愛的馬卡龍色居家服。裸露程度並不高，但是從袖口隱約露出的指尖、從衣襬露出的大腿，令士道的心跳莫名加快。

「怎麼樣啊，士道！毛絨絨的喲！」

「誘惑。如果你躺在夕弦與十香中間睡覺，肯定會作個美夢。」

「不，怎麼能睡在中間——」

當士道被兩人的氣勢壓倒而後退幾步時，眉毛突然抽動了一下——因為他現在才發現帳篷裡放著三個看起來很溫暖的睡袋。

「唔……」

士道盡可能不去思考，但若是選擇了這個帳篷，他就必須在這裡度過一夜。雖說隔著睡袋，在與十香、夕弦如此貼近的狀態下——

「…………」

士道自然而然臉頰開始發燙。他搖搖頭企圖甩開腦海產生的妄想，一邊走出帳篷。

「——好，那接下來換我們這一組。」

「唔嗯。那麼郎君，這邊請。」

接著這麼說的是琴里與六喰。兩人自信滿滿地穿過廣場，走了一會兒後停下腳步。

然後琴里操作智慧型手機，下一瞬間，設置在周圍的電燈便「啪！啪！」亮起，眩目的燈光照亮四周。

「唔喔……！」

提燈無法相比的亮光照得士道不禁瞇起雙眼，但真正令他吃驚的並非這一點——而是大約比十香她們的帳篷大五倍的巨大帳篷聳立在燈光下。

「這、這是怎樣啊……」

帳篷氣勢磅薄的雄偉姿態讓士道看得目瞪口呆。

用白色防水布描繪出的寬大輪廓彷彿遊牧民族的蒙古包，要不然就是馬戲團的帳篷。入口也很寬闊，明明還沒踏進去，卻能推測出內部模樣。裡頭應該有三張呈放射狀擺放的大床，中央準備了小暖爐，宛如高級飯店的客房。近似所謂豪華露營所使用的帳篷。

當士道還在發愣時，琴里莞爾一笑，撥了撥頭髮。

「怎麼樣啊？我們的概念是『峇里島的黃昏』。為了度過優雅的夜晚，呈現出異國風情。」

「唔嗯。而且啊，你進來瞧瞧，郎君。」

六喰有些興奮地拉著士道的手。至今仍在發愣的士道就這麼乖乖地被拉進帳篷。

「那就麻煩妳了，妹妹。」

「ＯＫ！」

琴里回應六喰，再次操作手機。

於是，不知從何處響起「嗡——」的電動音，帳篷的一部分頂棚隨後開啟，能看見戶外閃爍的星星。

「如何？能賞著星星入眠。是妾身懇求妹妹改造的。」

「喔，喔喔……好厲害啊……」

士道怔怔地呢喃後，琴里便勝券在握似的將嘴脣彎成新月的形狀。

「對吧？我安裝這個裝置可辛苦了。」

「嗯……話說……」

「？什麼事？」

「這個帳篷真的是只靠妳們兩人搭起來的嗎？」

「…………這還用說嗎？」

士道詢問後，琴里不自然地移開視線如此回答，語氣明顯變得生硬。

「……真的嗎，六喰？」

「唔……那、那是當然。絕非妹妹呼叫〈拉塔托斯克〉的人來幫忙……」

「——！六喰！」

琴里驚慌失措地摀住六喰的嘴……該說是不出所料還是理所當然呢？看來果真搬了救兵。

這樣實在無法以跟看待十香、夕弦的帳篷同等的基準來評判，但又沒有規定不能請他人幫忙。士道一邊煩惱一邊走向下一個帳篷。

「我看看，接下來是……」

「呵呵呵，輪到我們這一組了。」

「請多指教……！」

「我想士道你一定也會被我們的帳篷迷得神魂顛倒～～」

等待士道從琴里與六喰的帳篷出來的，是狂三、四糸乃以及戴在她左手上的兔子手偶「四糸奈」。這組合還真是稀奇。

「往這邊走。」

士道跟隨兩人來到的是位於廣場與森林交界處的場所。提燈早已點上，照亮四周。

沒有拉很緊的炊事帳下擺著桌椅，呈現出極為優雅的空間。桌上隨意擺放著簡樸的茶具，各自的椅子上則是擺著貓咪與兔子的抱枕。

「喔，真不錯呢……不過，要在哪裡睡覺呢？」

士道環顧四周，歪頭表示疑惑。沒錯，這個空間的確很美妙，但看見的只有桌椅，不見帳篷或睡袋。

「喔喔，這個嘛——」

狂三拿起提燈照向炊事帳的旁邊回答士道的疑問。

於是，看見生長在那裡的樹木間綁著兩塊像黑布的東西。

「這是……吊床？」

沒錯，那無庸置疑就是吊床。而且不是用來午睡的那種網狀吊床，而是像睡袋一樣包覆全身的款式。

「是的、是的。乍看之下不可靠，但因為遠離地面，能睡得比帳篷溫暖喲。」

「我有試睡過，睡起來非常舒服。」

「就是說呀～～四糸奈也睡得很香甜。」

「這樣啊……」

士道佩服地說道，打開變成袋狀的吊床。原來如此，料子意外地很厚實，似乎比想像中還要舒適。

「睡吊床也很有意思呢，感覺只有露營才能體會到這種樂趣。不過……」

「……？有什麼問題嗎？」

聽見士道的感想，四糸乃眨了眨眼睛。於是，士道搔搔臉頰，繼續說：

「沒有啦，我是在想吊床只有兩張。就算我選這裡，也沒地方睡……」

「——呵呵呵。」

士道話說到一半便閉上嘴，因為狂三面帶微笑把手放在他的肩上。

「我們也不太會綁吊床，所以只綁了兩張。如果你選擇這裡，就必須和我或是四糸乃睡同一張吊床……」

「……什、什麼～～！」

士道不禁發出變調的聲音。不過，狂三不以為意地輕聲呼喚四糸乃：

「來，四糸乃也一起。」

「好、好的……！」

四糸乃表情略顯緊張地將手放在士道的另一邊肩膀後——

「「——呼！」」

兩人同時朝士道的耳朵吹氣。

「……！」

事發突然，士道慌亂得眼睛子直打轉，連滾帶爬地前往下一個場所。

「——呵！士道，你終於來了。我們等得都不耐煩了。」

「總算壓軸登場了～～！」

接下來迎接士道的，是耶俱矢與美九這一組。兩人擺出雙人花式溜冰般的姿勢，露出猖狂的微笑。

「……？發生什麼事了嗎，達令？」

大概是發現士道摀著兩耳、滿臉通紅，美九一臉疑惑。士道連忙搖頭否認：

「……！沒、沒事，什麼事都沒發生。話說，妳們的帳篷在哪裡？我怎麼沒看見……」

士道說完，耶俱矢與美九勾起嘴角，神速地又擺出另一個姿勢。

「呵呵呵～～那就麻煩妳了，耶俱矢！」

「沒問題！」

耶俱矢回應美九的請託，當場轉了一圈。

然後直接又擺了一個新的姿勢，將手舉向天空，彈了一個響指。

「從黑暗現身吧！露營————！」

瞬間，耶俱矢的後方一亮，隨著她低吟般的聲音一喊，有某種巨大物體慢慢靠近。那是——

「露、露營車！」

沒錯。現身的是一輛輪廓類似卡車的大型車。

露營車。如字面所示，是露營用車。士道的反應令耶俱矢與美九滿意地點點頭，兩人畢恭畢敬地打開車門好介紹車內裝備。

「喔、喔喔……」

宛如貨櫃箱的車內備有桌子、簡易床鋪，甚至有電視和冰箱。當然，作為一處睡覺的地方算是可圈可點了。

「咯咯，這完美的居住環境怎麼樣啊？想選我們這一組了吧？」

「你看，今天就特別讓你睡駕駛座上面的床喲～～」

「什麼……那裡設計成床了嗎——呃，可以嗎？這樣就不是搭帳篷比賽了吧？」

士道忍不住大喊後，兩人一點也不內疚地聳了聳肩說道：

「不～～又沒說一定要搭帳篷～～」

「就是說啊。而且，是叫作露營車嗎……？本宮不知道正確名稱，這可是吾與美九訂下血之

盟約才從魔界召喚而來的魔獸。」

「呃，妳這設定明顯太牽強了吧！而且我剛才看了一下，坐在駕駛座的那個人，是美九的經紀人吧！」

即使士道大喊，耶俱矢與美九也只是聳聳肩裝傻。

原來如此，因為有這個殺手鐧，美九才會提議比賽吧。其實士道雖然覺得這招有點詐，仍然受到不小的誘惑……畢竟男生不管到幾歲，都還是會醉心於這種機件與裝置。

「真是的……」

露營車都出來了，也不會再有更令人吃驚的東西出現了吧。士道乾笑著走向最後一組。

……然而，他的預想在短短數分鐘內便粉碎一地。

「…………呃，折紙、七罪，這是？」

看見最後一組折紙七罪組所搭的「床鋪」，士道不禁發出壓縮肺部般的聲音。

不過，這也理所當然。因為在士道眼前的既非帳篷也不是房車，而是蓋了一棟「房子」。

房子。沒錯，就是房子。除此之外，沒有其他形容詞。不僅利用現場的樹木當作樑柱，還搭建了構造嚴謹的牆壁與屋頂。照理說，實在不像是短短兩三個小時就能建造出的東西。看見這不合常理的建築物，士道頓時懷疑是七罪利用〈贗造魔女〉所耍的花招。

然而，並非如此。疑似砍伐周邊的樹木或藤蔓所獲得的建材以及燒土質感的牆壁，都間接否定了有超常力量的介入。更重要的是，從房子外觀可以明顯感受到兩人在建造上花了不少工夫。

大概是察覺士道感到戰慄，折紙與七罪點了點頭。

「我們超努力的。」

「…………累得要死。」

「未免太努力了吧！」

士道聞言，不禁發出哀號般的吶喊。

「到底要怎麼做才能蓋出這種東西啊！妳們是開拓者嗎！這已經不是睡一晚的程度了！到底是什麼促使妳們做到這種地步！」

士道在混亂中大喊後，折紙便羞紅臉頰，七罪則是浮現乾笑。

「我以為可以跟士道一起睡。」

「……至於我嘛，算是順勢而為吧……」

「妳們的才能應該發揮在更多其他地方吧！」

士道整個人向後仰，慘叫聲響徹夜空。

……士道審查完五組共十名搭建的帳篷（未必全是帳篷）後，與精靈們一同回到廣場中央。

不知是不是心理作用，感覺喉嚨沙啞到不行……不過，這也沒辦法，主要是後半段大多在吶喊中度過。

「——好啦，你都看完了吧？」

琴里盤起胳膊如此說道。她的語氣一如既往地冷靜，但嘴裡含著的加倍佳糖果棒卻上下擺動得有些快速。

「嗯，看完了……」

士道臉頰流著汗水回答，精靈們便自信滿滿地浮現笑容或是露出緊張的表情。

「咯咯，那便選擇你最想過夜的地方吧！」

「呵呵呵，你一定會選擇我和四糸乃的吊床吧？」

「……士道，現在不只有零食可吃，還有飲料隨便你喝到飽喔……」

所有人望向士道，或多或少期待著士道宣布審查結果。士道嚥了一口口水，煩惱似的抿起嘴脣。

就在這時——

「——等～～一下～～～～！你們是不是忘記還有一個人呀喵！」

某處傳來這樣的聲音，打破大家緊張的氣氛。

「什麼……！這個聲音是！」

「到底是從哪裡傳來的……！」

「——！大家快看，是那裡！」

說完，四糸乃指向士道的後方。所有人的視線同時望向那裡。

結果看見——

「……………妳在幹嘛啊，二亞？」

二亞裹著單人睡袋，像隻毛毛蟲似的躺在廣場正中央。

「沒有啦～～……感覺不知不覺間大家都開始搭起帳篷，只有我沒有地方睡～～……太詐了吧～～！我反對排擠同伴～～！具體來說，可以讓我加入某一組嗎……」

說完，二亞「嘿咻」一聲站起來。不過因為雙手包在睡袋裡，沒辦法順利取得平衡，又立刻倒回地上。

琴里見狀，嘆了一大口氣。

「……我在分組的時候有叫妳，是妳自己醉倒了。」

「咦！是嗎？啊哈哈……我完全沒發現。」

二亞打哈哈蒙混過去，再次企圖起身。不過，似乎還是難以維持姿勢而倒地，就這麼滾滾滾……地消失在黑暗中。

「嗚哇啊啊啊啊啊！誰來擋～下～我～～～～——」

沒多久，傳來「唔呃！」的聲音後便安靜無聲。士道苦笑著望向大家。

「……呃，有誰願意收留她一晚嗎？」

聽見士道說的話，所有人都一臉無奈地點頭。

「先不管她了，士道。宣布你的審查結果吧。」

「啊、啊，對喔。」

士道清了清喉嚨轉換心情後，重新望向在場的所有人，再次思考。

起初士道只是想看大家的帳篷，說些場面話敷衍過去，但大家遠比想像中認真，他也不好意思這麼做。因為他覺得如果這時選擇不評判，未免太愧對大家的努力。

話雖如此，也不好隨便選擇。

首先無條件排除狂三與四糸乃這組的吊床。光是同床共枕這一點就有問題了，更別說要怎麼睡在同一張吊床。

基於同樣的理由，也難以選擇十香、夕弦這一組。雖然對構造極其正統的帳篷頗有好感，但在那種密閉空間被穿著毛絨絨居家服的兩人夾在中間睡覺，士道的小心臟實在承受不起。

耶俱矢、美九組的露營車和折紙、七罪組的執著屋空間充足，但一起睡的人員有些危險。耶俱矢、七罪也就算了，他實在不認為美九和折紙在半夜不會動任何歪腦筋。

如此一來，果然只有選擇琴里、六喰組是最安全的吧？與她們兩人的間隔也夠遠，何況琴里是士道的妹妹，六喰也是他的家人，就算睡在同一個地方也勉強說得過去吧。士道如此判斷後，抬起頭說：

「我想過夜的地方是——」

不過，就在士道正要宣布審查結果的那一瞬間。

「————！」

突然響起地鳴般的聲音，士道等人所站的地面隨後激烈晃動了起來。

「什麼……！」

「地、地震……！」

「大家，冷靜點！附近沒有會倒塌的東西！壓低身子，等搖晃平息！」

琴里對驚慌失措的大家下達指令。大家聽從指示，當場蹲下。

不久後，襲向四周的地震平息，夜晚再次恢復寧靜。士道戰戰兢兢地站起來，環顧所有人。

「大、大家都沒事吧？」

「嗯、嗯，沒什麼事……」

「嚇我一跳……」

大家妳一言我一語地說著，攙扶彼此站起來。

就在這時，夕弦像是察覺到什麼，眉毛抽動了一下。

「戰慄。二亞沒事吧？」

「啊——」

聽她這麼一說，士道瞪大雙眼。對喔，二亞還困在睡袋裡倒地不起呢。搞不好會因為剛才的地震滾到河裡。

「喂～～二亞～～！妳在哪裡！聽到請回答～～！」

士道舉起雙手放到嘴邊，大聲呼喚。

不久後，遠處傳來回應。

「——喂～～——我在這裡——救～～救我～～——」

那無庸置疑是二亞的聲音。士道等人面面相覷後，手持提燈跑向聲音傳來的方向。

於是——

「…………咦？」

士道到達那裡後，不禁停下腳步，表情染上困惑之色。

不過，這也難怪。事實上，與士道一起跑來的精靈也都露出相似的表情。

因為那裡聳立著超級巨大的帳篷。

……不，其實無法立刻分辨出那是否能夠稱為帳篷，構成要素的一半的確是帳篷，但另一半是大型車輛或房屋。

沒錯。令人難以置信的是，精靈們所搭建的帳篷、房子，甚至是露營車，竟然全都合在一起了。順帶一提，屋頂的屋簷前端就掛著蓑衣蟲般的二亞的睡袋。

「這、這是……大家的帳篷？」

「是剛才的地震把它們全都混在一起了嗎……？」

「不不不！不可能吧！要是撞壞了倒還說得過去，怎麼可能那麼剛好，像積木一樣組合在一起——」

「……可是，實際上就是組合在一起了啊……」

「…………」

面對七罪的指摘，琴里沉默不語。

話雖如此，倒也可以理解琴里的心情。因為照理想，確實不可能以這種平衡方式將各別的帳篷組合在一起。

而且扯就扯在各別的帳篷骨架竟然牢牢地組合在一起，完全沒有毀壞，內部的裝潢也整齊美麗，睡袋和床鋪擺成一排。

親眼目睹實物後更是難以置信，這現象只能說是奇蹟了。宛如存在著能自由掌控世界的神明，表示：「如果要選擇那組帳篷，不如大家一起睡吧。」

「唔嗯……」

就在精靈們驚愕得瞪大雙眼時，十香輕聲低吟，拖著腳步走進帳篷，然後到處觸碰確認帳篷的狀況，接著「嗯」地點了頭，鑽進放在正中間的睡袋。

「喂……十香，妳這樣很危險耶！快回來！」

「別擔心，沒有要倒塌的跡象。而且，因為大家的帳篷合在一起了，只能睡在這裡了。」

「不、不是，就算這樣……」

琴里困惑地皺起眉頭。不過，十香滿不在乎地拍了拍隔壁的睡袋。

「來，士道也來睡吧！這可是特等席喔！」

「咦？啊、喔——」

不知為何，聽十香這麼一說，士道就莫名覺得有說服力。於是他乖乖地走進帳篷，站到十香身旁。

其他精靈見狀，也跟著士道進入帳篷。

「我可不能當作沒聽見，士道肯定要睡在我旁邊。」

「哎呀哎呀，既然帳篷變成一個了，應該用其他方法來決定比較合理吧？」

「就說很危險了嘛——真是的……！全員集合！要睡哪個位置用猜拳來決定，猜拳！」

「呀～～！人家喜歡這個結果～～！雖然有點搞不清楚狀況，但能跟大家在同一個帳篷過夜，真是最棒的畢業旅行了～～！感謝神明，感謝佛祖，感謝達令～～～～！」

帳篷內立刻吵鬧了起來。

順帶一提，當在帳篷外低喃「……喂～～大家～～？該不會忘了我吧～～？」的簑衣蟲被救出來時，已經是大家猜拳結束，決定好要在哪裡睡覺之後的事了。

◇

關掉燈，森林的夜晚只剩月光與星光灑落。

雖然舉辦猜拳大會來決定誰睡哪個位置，但深夜的帳篷內漆黑得連身旁是誰都不知道。

大家剛躺下時，還聽得見被美九偷襲的七罪的慘叫聲、被折紙在耳邊吹氣的士道的呻吟，以及琴里發出警告的怒吼聲，不過在大家都入睡後，著實是夜深人靜。除了遠方傳來的貓頭鷹叫聲和蟲鳴聲，頂多只有偶爾聽見某人翻身或二亞打呼等細微的聲音。

——在這稱為寂靜也不為過的黑暗中。

「……欸，士道，你睡著了嗎？」

士道身旁突然傳來這樣的聲音，令他的眼皮抽動了一下。

「……怎麼了，十香？妳睡不著嗎？」

士道稍微將臉朝向十香，以不吵醒其他人的輕聲細語如此回答。

沒錯。雖然大家是用猜拳決定睡覺的位置，結果十香與士道還是睡在起初十香指示的那兩個地方。

「呵呵……你果然還醒著。不知為何……我就是有這種感覺。」

說完，十香輕輕笑了笑。

這句話令士道有種奇妙的感覺，因為他也隱約覺得十香還醒著。

在睜眼閉眼都沒有差別的景色中，十香繼續說：

「今天——真開心呢。去河邊玩跟去海邊玩有不一樣的樂趣，烤肉非常好吃，大家一起搭帳篷也留下美好的回憶。」

「哈哈……那就好。本來算是美九的畢業旅行，幸好大家一起同樂。」

「嗯……真的玩得很開心。希望……以後能再來玩。」

「當然可以啊。已經沒有DEM的威脅了，要來幾次都可以。大家再一起來。」

「……嗯，說得也是。」

「…………？」

士道微微歪頭表示疑惑。由於四周一片漆黑，士道看不到十香的表情，但她的聲音聽起來有些悲傷。

「十香，妳怎麼了？」

「……不，沒事。我只是太期待明天，所以睡不著──晚安，士道。」

十香如此說完，留下翻身的聲音就沒再說話。

士道對她的態度感到些許疑惑──然而一陣濃烈的睡意突然襲來，他便無法再繼續提問。

精靈狼人殺

WerewolfSPIRIT

DATE A LIVE ENCORE 10

『——今早在村子郊外發現了村子第一美少女瑪莉亞的遺體。』

在斷斷續續的雨聲中，手機播放的聲音靜靜如此宣告。

『遺體嚴重受損，如此殘忍的行為，能推斷是非人者所為。巨大的爪痕、尖牙的痕跡，以及四周瀰漫的野獸味——

以上都足以證明「狼人」混入了這個村子。』

四周傳來吞嚥口水的聲音。

那或許是為了滋潤因緊張而乾渴的喉嚨——

也或許是為了抑制快從嘴角滴落的唾液。

『沒錯。你們必須找出混進村民中的狼人，即使因為判斷錯誤而吊死同伴。如果不這麼做，明天早晨躺在那裡的，可能就是你——』

當手機播放出的聲音這麼說的瞬間，空中劃下一道閃電，照亮了陰暗帳篷中坐成一排的少女們的臉龐。

「……！」

士道屏住了呼吸。

不知為何，那道光描繪出的少女們的輪廓，剎那間看起來像是凶猛的狼影。

◇

……雖然開場如此驚悚，其實並沒有發生什麼殺人事件。

事情要從今天早上，士道一行人來河邊露營兼辦美九的畢業旅行，被嘩啦嘩啦的雨聲吵醒說起。

「啊～～……雨下得滿大的呢。這下子可能沒辦法遊河了。」

士道望著外面的情況說完，待在組合複雜的帳篷裡的精靈們紛紛一臉遺憾地嘆息道：

「唔嗯……這樣啊。」

「呵，畢竟天氣總是變幻莫測嘛。」

妳一言我一語地表現出各自的反應。

沒錯。巨大的帳篷裡聚集了所有被〈拉塔托斯克〉保護的精靈——十香、折紙、琴里、四糸乃、耶俱矢、夕弦、美九、七罪、二亞、六喰，以及狂三。

「很遺憾，但天公不作美也沒辦法～～那我們該怎麼辦？有什麼雨天也能玩的遊戲嗎？」

美九用手指戳了戳臉頰，歪著頭問道。於是，二亞像是想起了什麼，開始翻找自己的雙肩背包。

「呵呵呵！我早就預料到可能會有這種情況發生，事先準備了好東西～～」

然後從背包裡拿出幾個畫著彩色插圖的盒子。

「這是？」

「嗯，這是所謂的桌遊。說到教育遊行，就免不了要玩桌遊吧。難得有這個機會，大家要不要一起玩看看？」

「還教育旅行呢……」

士道苦笑著看向二亞擺出的盒子。有撲克牌、ＵＮＯ，還有好幾樣沒看過的遊戲。

「種類滿多的嘛……要玩哪個？」

「嗯～～我看看喔。」

二亞做出斟酌的動作看向所有盒子，不久後才舔了舔嘴唇，拿起其中一個。

「那就玩這個吧。這款遊戲叫『狼人殺』！還滿有名的，應該有人聽過。」

二亞如此說道，向大家展示畫著狼人圖案的盒子。

「狼人殺……」

雖然沒有實際玩過，確實是聽過這個名字。除了士道，折紙、七罪、八舞姊妹和琴里也露出類似的表情。

「狼人殺……嗎？」

「唔嗯，這名字聽起來好恐怖喔。」

四糸乃與十香眼神認真地盯著卡片。二亞見狀，語氣輕鬆地「啊哈哈」笑道：

「這個遊戲沒那麼恐怖啦。是所謂的隱藏身分遊戲，只要殺了混進村民的狼人，就是村民陣營獲勝。消滅村民，把人數減到與狼人一樣或比狼人少的話，就是狼人陣營獲勝。怎麼樣？很簡單吧？」

二亞說道，這次換六喰一臉疑惑地歪過頭。

「唔嗯……那麼，既然叫狼人，應該比村民強吧？究竟要如何打敗他們？」

「這個遊戲分成白天和晚上，狼人只有在晚上才能變成野獸模式，所以每晚會襲擊一個村民，白天則是跟普通人沒兩樣。村民必須趁白天找出狼人，吊死他。」

語畢，二亞做出勒住自己脖子的動作，發出「唔噁～～」這種被吊死的聲音。四糸乃見狀，輕聲屏息。

「這遊戲很可怕……」

「沒有啦，不是真的吊死啦。」

二亞苦笑著安撫四糸乃後，聽了這段話的琴里上下擺動著嘴裡含著的加倍佳糖果棒，盤起胳膊說道：

「原來如此。村民必須狩獵狼人，卻不知道誰是狼人，搞不好會誤殺村民。可是不殺狼人的話，遲早會被狼人殲滅啊——這種題材雖然可怕，不過感覺挺好玩的。」

「對吧？而且十二個人也能一起玩。」

「呵呵呵，可是只靠直覺和運氣來找狼人，有點不放心呢。這個遊戲有附加什麼戰略性的規則嗎？」

狂三瞇起眼睛說道。「問得好！」二亞點了頭，在帳篷的地上一張張排列出卡片。

「狼人殺有幾種角色，每個角色有其任務——首先是『村民』。」

說完，二亞展示出畫著Q版人物的卡片。

「這個角色張數最多，也沒什麼特殊能力，但它的地位可說是這個遊戲的主角。以勇氣和智謀作為武器，找出狼人就是他們的使命。」

接著，二亞把畫著狼的卡片放在村民卡的旁邊。

「然後是『狼人』。每到夜晚就會襲擊一名村民，白天必須裝成無害的村民，避免被其他人懷疑。十二個人玩的話，應該會有兩名狼人。如果這兩個人死掉，就是村民方勝利。狼人把村民消滅到與自己同樣人數，則是狼人方勝利。」

還有——二亞把新的卡片放到狼人卡旁邊。卡片上分別畫著手拿水晶球的角色、背後有幽靈侍候的角色、身穿鎧甲手持劍的角色。

「這三張角色是村民勝利的重點。

『預言家』每晚能指名一個人，得知它的身分是人類或是狼人。如果能找出狼人，情勢會立刻對村民有利。

接著，『靈能師』能知道前一天吊死的人是人類或是狼人。這也是重要的情報來源。如果吊死的是狼人，那非常幸運。但如果吊死的是村民，就等於村民自己減少了同伴。

再來是『騎士』。他是唯一能在夜晚跟狼人對抗的角色，每晚可以指定一個人加以保護。被騎士保護的人，就算被狼人襲擊也不會死。不過騎士自己被狼人襲擊的話會死掉，所以要小心別暴露了身分。」

精靈們看著二亞依序介紹的角色卡，「嗯、嗯」地發出低吟。

就在這時，美九豎起一根手指，抬起頭。

「大概聽懂了。不過，這樣不是反而對狼人方非常不利嗎？」

於是，二亞「嗯呵呵」地笑著，將一張新的卡片放在地上。那是一張在月光下笑容猖狂的角色卡。

「——『狂人』，是這個遊戲裡的騙子。屬於狼人陣營，但預言家、靈能師再怎麼調查也會判定為村民。雖是村民，卻又是幫助狼人的叛徒。這個伏兵會為了狼人混淆視聽，關鍵時刻會成為狼人的同伴。」

「原來如此～～……真是個卑鄙的角色呢。不過，如果自己抽到這個角色，感覺還滿有意思的呢。」

美九臉頰流著汗水，勾起嘴角。「對吧？」二亞笑著回答後，盯著手上剩下的卡片，思考了幾秒，又放了兩張卡片到地上。

「難得有十二個人一起玩，就加入一些稍微特殊的卡片吧。首先是──『妖狐』。」

「妖狐……？這是什麼角色？」

「嗯，妖狐可說是第三勢力的存在，被狼人襲擊也不會死。」

「……咦，這是怎樣？所以狼人只能被吊死嘍？」

七罪瞇起眼睛吐槽。

不過，二亞「嘖嘖嘖！」地搖頭否定：

「嗯喵，不是只有這樣，妖狐一旦被預言家查驗，就會遭到咒殺。所以他雖然比狼人強，卻很難存活到最後。」

「哦～～……原來如此啊。」

「不過，如果妖狐在村民陣營或狼人陣營確定勝利的瞬間還活著，就是妖狐一個人獲勝。難度雖高，但以妖狐的身分獲勝時，有種說不出的快感～～」

二亞眨了眼如此說道，將最後一張卡片放到地上。那是一張──抱著美味麵包的角色卡。

「然後，這是『麵包師』。每天早上會為大家烤好吃的麵包。」

「竟然！」

聽見這個說明的瞬間，十香眼神熠熠生輝，探出身子。

「這角色真棒！」

「對吧？是很少使用的特殊卡，但我想十香妳應該會喜歡這種類型的身分。」

「嗯！這張卡太讚了！」

十香笑容滿面地用力點頭認同。士道苦笑了一下望著這副情景，接著將視線移到二亞身上。

「所以，那個麵包有什麼功用？」

「超級好吃。」

「啥？」

「就說了會烤好吃的麵包給大家吃啊。麵包師除此之外，還需要什麼功用？」

「…………」

士道沉默了片刻，不久後才理解。這張卡主要是為了炒熱遊戲氣氛，添增樂趣吧。硬要說的話，當每天烤的麵包不再出爐，就能判定前一天被吊死的人或夜晚被襲擊的人是麵包師。頂多只有這點功用吧。

「算了。總之，先玩看看吧。」

這類遊戲比起死記規則，不如玩習慣來得快。比起再三說明，先玩一次較容易理解吧。士道如此思考，抬起頭。

「嗯，也對。這個遊戲有許多特殊卡，就先玩我知道的那些卡片吧……啊，對了對了。這遊戲還需要一個掌握所有角色的主持人。我來當也行，但人數減少也不太妥當，所以——」

二亞從口袋拿出智慧型手機操作一通後，將手機擺到所有人都方便看的位置。

手機螢幕顯示出一張熟悉的少女的臉。

「呃，瑪莉亞？」

『——是我。旅行好玩嗎，士道？』

士道說完，〈佛拉克西納斯〉的ＡＩ瑪莉亞便透過手機的擴音器如此回答。

『事情我已經聽說了，就讓我擔任遊戲主持人吧——雖然二亞的請求讓我有些不滿，但像我這種擁有成熟人格的人是不會為了這點小事生氣的。沒錯，只有這種時候才對我呼之即來，我也完全不生氣。』

「…………」

感覺瑪莉亞口是心非，非常不滿的樣子……士道心想買點伴手禮回去送她好了。

『——好了，那就馬上來玩吧。請把要使用的卡片洗牌洗仔細，每個人發一張。』

「啊，好的。」

士道聽從瑪莉亞的指示，開始洗牌。

就在這時，一名少女默默舉起手打斷這個流程——是折紙。

「——等一下，我有一個提議。」

「提議？」

士道詢問後，折紙便輕輕點頭，接著說：

「狼人殺是非常優秀的遊戲。不過，為了讓這個遊戲更加刺激，我提議採用ＯＯ式規則。」

「……ＯＯ式……是小折折自創（Oririn Original）的意思嗎……」

士道覺得這個名詞好像在哪裡聽過，不禁皺起眉頭。不過，折紙面不改色地搖頭回答：

「是Oririn Almighty。」

「這是什麼意思啊！」

士道發出哀號般的叫聲。沒錯，記得以前打雪仗時，折紙也提過類似的意見。

「ＯＯ式主要有兩個重點：

第一個是『勝利陣營存活下來的人，可以對敗北陣營提出一個要求』。

第二個是『無法提出證據的欺騙不算欺騙』。」

「妳一定在打什麼歪主意吧！」

用這種規則來跟折紙決勝負無疑是自殺行為。士道猛力搖頭拒絕。

然而，瑪莉亞的意見卻與士道相反，她滿不在乎地回答：『嗯。』

『好吧，我允許。』

「喂、喂，妳認真的嗎？允許這種規則，不知道她會對我做出什麼事耶。」

『規則稍微放縱一點比較有趣嘛。況且……』

「況且什麼？」

『我又沒什麼損失。』

「…………」

……果然是對自己無法參加旅行懷恨在心吧。她有〈拉塔托斯克〉的工作在身，這也無可奈何啊。

『話雖如此，我不認為折紙能在這個規則下得到什麼好處。』

「咦？」

『你把遊戲玩下去就知道了——來，把卡片發給大家。』

「啊，好……」

士道依照指示，發給每人一張卡。

就這樣，狼人藏匿的村子迎來第一個夜晚。

◇

「瑪莉亞～～～～！」

「怎麼會，瑪莉亞她……」

「……不是，自己誇自己是村子第一美少女嗎？」

在村子郊外發現瑪莉亞遺體（設定是如此）的村民們發出尖叫（與吐槽）。

聽到這段對話後，手機再次響起聲音：

『人見人愛、如花似玉的美少女瑪莉亞的死亡，令整個村莊悲痛不已。不過，可不能一直沉浸在悲傷裡，因為有兩名狼人潛藏在你們之中。

你們決定找出可疑人物，將他吊死。

——討論時間開始。請各位互相交換意見，決定今天要淘汰誰。』

瑪莉亞說完，手機同時顯示出倒數畫面。大家必須在倒數結束之前討論完畢。

「…………」

士道輕輕吐了口氣，再次確認手中的卡片。

——那張畫著狐狸角色的卡片。

沒錯。士道的身分竟然是聽說難度頗高的「妖狐」。

也就是說，士道必須在不被預言家查驗的情況下存活到最後，是非常難偽裝的角色。

「我們之中殺了瑪莉亞的狼人是……」

「戰慄。線索太少了。」

耶俱矢與夕弦眼神認真地盯著大家。這兩個喜歡比賽的人似乎已經進入遊戲的故事設定。

士道見狀，立刻改變想法。士道確實是妖狐，但現在終究得扮演無害的村民，協助大家找出狼人。

「這個嘛……預言家和靈能師好像下一個夜晚才能發揮能力，所以第一天只能隨便亂猜來決定要吊死誰是嗎？」

士道看著大家的臉說道……當然，這樣是無法辨別出狼人的。

唯一能用表情判別的，大概只有發卡片的時候，表情顯得有些遺憾的十香沒拿到麵包師這件事吧。

當大家都在觀察彼此的態度時，二亞突然精神百倍地舉起手說：

「看我看我～～！二亞我先坦白好了～～！其實我是預言家，所以不要誤以為我是狼人而把我吊死喔～～！」

「咦……！」

面對突如其來的宣言，士道瞪大了雙眼。不，不只士道，還有幾名精靈也露出吃驚的表情。

這也難怪。確實只要宣布自己是預言家，就不會被吊死了吧。不過，預言家也是狼人最想消除的一個角色。

「二亞，妳、妳突然說出這種話沒問題嗎？要是今晚被狼人襲擊，不就無法預言了嗎——」

「嗯呵呵！別擔心，因為這個村子裡有騎士啊。」

「啊……」

原來如此，確實沒錯。只要有防止狼人襲擊的騎士在，就算自稱是預言家也沒問題，反而是個妥當的做法，能防止預言家第一天就被殺害的事態。

「——事情就是這樣，這群人當中的騎士大人！今晚要保護我喔！啊，還不用揭露自己的身分！因為會被狼人盯上！」

說完，二亞朝氣蓬勃地揮了揮手。

就這樣，在毫無線索的村子裡總算有了一點方向。今天只能挑二亞以外的人來淘汰了吧——

然而——

「……咦？」

下一瞬間，士道不禁皺起眉頭。

這也難怪。因為如同剛才的二亞，這次換六喰高舉起手。

「唔嗯……這是怎麼回事？妾身亦是預言家呢……」

然後語氣疑惑地如此說道。

聽見這句話，精靈們的表情紛紛染上困惑之色。

——有兩名預言家。

換句話說，二亞或六喰當中有一個人在說謊。

所以是——

「…………」

士道有些無意識地望向二亞。

不，正確來說不只士道。不知為何，所有精靈不約而同地望向二亞，他們的眼神都帶有——

（六喰才是真正的預言家吧……）

這種訊息。

「……你、你們那是什麼眼神啊～～」

大概是察覺到大家的想法，只見二亞臉頰抽搐如此回答。

「呃……」

「沒有啊……」

「不，你們明顯是在懷疑我嘛！為什麼啊！我跟小六的條件不是一樣嗎～～！」

看見大家的反應，二亞假惺惺地哭了起來。

……原來如此，於好於壞，士道算是明白了平常的所作所為會影響這個遊戲的走向。

不過，再怎麼懷疑也沒有決定性的證據。既然必須避免誤殺預言家，那麼最好選擇二亞與六喰以外的人來淘汰吧。

問題在於騎士今晚要保護誰。要是保護錯了人，導致真正的預言家被殺，那可就慘不忍睹了。原來如此，這類擾亂對狼人或狂人欺騙預言家這方面或許有它的意義存在。

正當士道思考著這種事情的時候，手機突然響起「嗶嗶嗶」的警示音。

『時間到。請選出今天的淘汰者。』

「咦！這麼快！」

「完全沒有頭緒～～……」

瑪莉亞宣告後，精靈們全都面有難色。

儘管出現了二亞和六喰這兩位自稱預言家的人，除此之外完全沒有線索。雖說多少縮小了一點範圍，還是必須靠直覺選出淘汰者。

「……呃，可是——」

士道搔了搔臉頰，整理思緒。

他的確不知道誰是可疑人物，但是第一天必須指名誰，他倒是心裡有數。

『那麼，開始投票。請指出你們想吊死的人。一、二、三——』

配合瑪莉亞的號令，所有人同時伸出手指。

「…………！」

下一瞬間，帳篷裡響起細微的屏息聲。

不過，這也難怪。

因為士道、十香、琴里、七罪、四糸乃、六喰、二亞的手指全都指向折紙。

順帶一提，折紙與狂三指向七罪；夕弦指向耶俱矢；耶俱矢指向夕弦；美九則是指向琴里。

「——為什麼？」

折紙深感意外地詢問。大家在討論時並沒有特別提到折紙，所以有過半數的人淘汰她或許真的有些不自然吧。

不過，理由很明顯。士道瞇起眼睛，搔了搔頭吐槽：

「還問為什麼，要是讓提倡那種規則的人活到最後，實在是太恐怖了……」

士道說完，精靈們紛紛點頭表示同意。

「那種規則，等於宣告自己要耍詐嘛。」

「……趁能殺時先殺掉才是上策吧……」

「對、對不起……」

折紙聽見這些話，一臉懊悔地皺起眉頭「唔！」了一聲。

「失策。竟然在展現〈偷天換日鳶〉的手指技巧之前就被吊死了。」

「欸，說真的，妳原本到底打算做什麼啊……」

士道臉頰流下汗水說道，折紙便輕聲嘆息，脫離團隊。

「規則就是規則。雖然我在這裡被淘汰了，還是希望大家能殺死狼人，找回村子的和平。」

「折紙……」

折紙在不遠處坐下，進入觀戰模式。看來那似乎是死後的世界。

『好了，夜晚再次降臨，請各位閉上眼睛。』

士道等人聽從瑪莉亞的指示，緊緊閉上眼。

『——天亮了，請睜開眼睛。

有個遺憾的消息要通知你們。村子郊外發現了被撕得四分五裂的美九的遺體。』

「呀啊啊啊啊啊啊啊——！」

瑪莉亞宣告後，美九發出如裂帛般清厲的慘叫聲。

「人、人家死了嗎～～！人家什麼都還沒做耶～～……」

然後如此說完，淚眼汪汪地蜷起背。四糸乃撫摸她的背安慰她。

「嗯～～小美被殺了嗎？也就是說，小美不是狼人嘍。」

「……咦，真的假的？我還以為美九肯定是狼人呢。有那種形象……」

聽見二亞說的話，七罪深感意外地瞪大雙眼。

「哪種形象呀～～！每晚偷襲女孩子，那種事情……那種事情……」

美九的音調越來越低沉。從她的表情可以判斷她的內心似乎在想著：「咦……人家好像做得出那種事情耶……話說，每晚被這些人當中的某人襲擊，這種狀況好像也挺不錯的……」

『好了，歡迎美九來到死後的世界。』

「沒辦法，人家只好在天堂跟折紙嬉笑玩鬧，一邊欣賞大家的英姿了～～」

說完，美九離開大家的小團體。順帶一提，美九在死後的世界打算衝過去抱住折紙，結果立刻被制伏了。

『順便說一下，今天早上大家也收到了美味的麵包嘍。』

「喔喔，麵包師沒事啊！」

聽到瑪莉亞說的話，十香明顯鬆了口氣。

士道不禁苦笑了一下。從十香的態度來判斷，她果然不是麵包師。

『那麼，請選出今天要吊死的人。開始討論。』

瑪莉亞宣布的同時，跟剛才一樣，手機顯示的數字開始倒數。

這時，自稱預言家的二亞立刻高高舉起手說：

「我、我～～！大家聽我說！我昨晚查驗了少年，少年百分百是人類～～！」

「咦？妳查驗了我嗎？」

「沒錯沒錯，這下子就證明了少年的清白！一起努力找出狼人吧！」

二亞猛然豎起大拇指。士道被她的氣勢感染，也苦笑著豎起大拇指回應：「好、好的。」

緊接著，六喰也舉手發言：

「唔嗯，妾身調查了七罪。她亦是人類。」

「哦～～……原來如此啊。比昨天多了不少可判斷的訊息呢。」

琴里摩娑著下巴思考。

確實如此。沒找到狼人雖然可惜，但比起昨天，嫌疑犯的人數已經減少了一些──

（…………呃？）

就在這時，士道眉毛抽動了一下。剛才一連串的過程顯然有不對勁的地方。

沒錯。二亞剛才確實說她查驗了士道。

不過，被查驗後理應會遭到咒殺的妖狐士道現在卻依然活得好好的。

這表示一個事實。

（——二亞，妳果然是冒牌貨～～～～～～！）

士道在心中發出無聲的吶喊。

村民陣營的人偽裝身分並沒有好處。換句話說，二亞不是欺騙預言家的狼人，就是狂人。

想不到竟然獲得其他人不知道的情報……不過，這件事不好處理。若是指出二亞有問題，很可能暴露士道自己的身分。這時最好靜觀其變。

反正對妖狐士道而言，贏的是村民或狼人都無所謂，只要他能存活到最後就好。

那麼，把二亞當作真正的預言家，加入狼人陣營也行吧……但是這樣就必須謊稱真正的預言家六喰是冒牌貨，這一點讓士道的良心隱隱作痛。

「那個……」

當士道思考著這種事情時，四糸乃突然出聲發言。

「唔？怎麼了，四糸乃？」

「其實我是靈能師……」

「咦？」

聽見突如其來的告白，士道不由自主地望向四糸乃。

靈能師這個角色能知道前一天被吊死的人——也就是折紙的真實身分。跟預言家一樣，能指引村民方向。不過，也因此容易被狼人盯上。

靈能師在這種情況下揭露自己的身分，就表示——

「折紙是……狼人。」

「「……！」」

四糸乃說完，所有人瞪大雙眼。這也難怪。因為大家萬萬沒想到，可說是基於添加規則這種理由被淘汰的折紙竟然是狼人。

站在村民陣營的角度來看，這是非常幸運的事態。不過，這個要素也足以令人覺得未免「太過湊巧」。狂三和琴里沒有說出口，但都微微眯起眼睛在思考。

不過這次不像預言家那時，有另一個靈能師站出來與之對抗。當然，四糸乃也可能推斷已經死亡的折紙或美九是靈能師而賭一把……不過以四糸乃的個性和機率來說，不太可能。

「……如此一來……」

就在這時，七罪面有難色地喃喃細語：

「……因為狼人知道另一個同伴是誰……這代表第一天沒有投折紙的人當中，有人是另一個狼人嗎？」

「「……！」」

聽見七罪的推理，耶俱矢、夕弦、狂三這三個人眉毛抽動了一下。

沒錯，她們就是第一天沒有投給折紙的成員。嚴格來說，美九也投票給琴里，但她已經被狼人襲擊了。

「慢、慢著！只是因為這樣就懷疑吾等，本宮可不服！」

「不滿。沒錯，我要求給我們一個解釋的機會。」

「就是說呀。也有可能是四糸乃在說謊不是嗎？」

被眾人投以懷疑目光的三人各自開口說道。

不過就在這個時候，響起討論時間結束的警示音。

『時間到，請投票。』

「什麼！真會挑時間！」

「我們還沒鎖定狼人是誰呢……真是無奈。」

二亞與琴里皺起眉頭一臉苦惱的模樣，豎起一根手指。士道等人也有樣學樣，準備投票。

『那麼，請同時指出今天要吊死的人。一、二、三──』

大家配合瑪莉亞的聲音，各自將手指指向要投票的人。結果──

狂三四票。

耶俱矢四票。

夕弦兩票。

『唔嗯，狂三跟耶俱矢同票呢。』

「遇到這種情況該怎麼辦？」

琴里詢問後，手機畫面顯示出有別於之前的數字。

『若是同票，便分別給予兩人一分鐘的辯解時間，之後再進行投票。若是再次投票依然同票，今日就不淘汰任何人。』

「原來如此啊……」

琴里豎起加倍佳糖果棒表示認同後，望向耶俱矢與狂三。

「那就耶俱矢先說吧。妳為什麼沒有把票投給折紙？」

「唔唔……」

琴里催促的同時，手機顯示的數字開始倒數計時。耶俱矢雖然不服氣地交抱雙臂，還是開始發言：

「本宮也對折紙訂下的規則有些意見。不過，反過來說，只要自己贏就好。既然如此，打敗敵人才是最優先的課題吧！本宮並非狼人！而是以火焰招式維持生命之人！本宮死後，生命之火終將熄滅！」

耶俱矢用力握緊拳頭，演說般吶喊道。不過，聽到最後根本不知道她在說些什麼就是了。

『那麼，接下來換狂三辯解。』

手機再次配合瑪莉亞的聲音開始倒數。這次換狂三望著大家，開始說話：

「我的理由大致上跟耶俱矢差不多。我能理解大家的選擇，但既然選項擺在眼前，我當然著重於選擇能投資未來的人呀。我之所以投給七罪，是因為——」

這時，狂三舔了一下嘴脣，露出凶猛的笑容。

「我想先吊死敵對時較棘手的人。」

「「…………」」

精靈們沉默無語。

……該怎麼說呢？雖然並未確定她的身分，但她的這番話和她的表情——實在太像狼人了。

『那麼，請再次投票。一、二、三——』

果不其然，所有人的指尖同時指向狂三。

「哎呀、哎呀。我真難過，你們竟然不相信我。」

狂三嘆了一口氣，當場站起後，前往折紙和美九等待的死後世界。

『狂三被處刑了。那麼，夜晚再次來臨。請閉眼。』

瑪莉亞淡淡地說道。士道等人遵從她的指示閉上眼，等待夜晚降臨。

『——天亮了，請睜眼。

有個遺憾的消息。在村子郊外發現了姿勢十分逗趣的耶俱矢的遺體。』

「咦咦咦咦咦！為什麼只有我死的時候是奇怪的姿勢啊！」

聽見瑪莉亞無情的宣告，耶俱矢發出哀號般的聲音。

「什麼……」

士道和一部分精靈聞言，頓時愁眉苦臉。

理由大致分成兩種。一種是單純為還沒狩獵到狼人感到憂慮。

另一種則是——對今天選擇耶俱矢當犧牲者一事感到吃驚。

「這是怎麼回事……？耶俱矢有狼人的嫌疑。對真正的狼人來說，應該是最佳的障眼法。竟然刻意殺死耶俱矢……」

士道低吟般說道，二亞搔了搔頭回答：

「嗯～～……可是，也不是沒有這種可能。狼人當然也想襲擊預言家或靈能師，但只要騎士還活著，就很可能白費功夫。這一點，被懷疑是狼人的耶俱矢受到騎士保護的可能性很低，有機會在短期間分出勝負。不過，也有可能只是單純不清楚這一點，隨便找個人襲擊。另外——」

「另外？」

士道詢問後，二亞便勾起嘴角接著說：

「——大概是以挑釁可憐的村民為樂吧。」

「「……………！」」

二亞說完，士道與精靈們同時倒抽一口氣。

於是，在這緊張的氣氛下，手機又響起了瑪莉亞的聲音，令大家沒有喘息的餘地。

『通知各位另一個悲傷的消息。

——今天早上村子裡並未聞到烤麵包的香味。』

「麵、麵包師～～～～～～～～——！」

聽見宣告後，十香吶喊。

「可、可惡～～……怎麼會這樣，因為有妳的麵包，我才能活到現在……！嗚、嗚嗚……！妳看著吧……我一定會為妳報仇……！」

然後她眼角泛淚，緊握拳頭。她那非比尋常的痛哭令其餘的精靈感到戰慄，而待在死後世界的美九則是嘟起嘴說：「討厭，人家死的時候怎麼不見妳這樣悲嘆呢～～」

「麵包師……啊。」

士道這時微微皺起眉頭。

……耶俱矢的那句話，搞不好是表示烤麵包的意思。那大概是她在暗示自己的身分吧。

『大家可能各有想法，但差不多該進入討論時間了。請選擇今天要吊死的人。』

瑪莉亞說完的同時，又開始倒數計時。

於是，六喰立刻發出懊悔的聲音說道：

「唔嗯……妾身查驗的是耶俱矢。當然，是人類。」

「啊……也會發生這種事啊，真是太不湊巧了。」

聽見六喰說的話，士道搔了搔臉頰。

原來如此。無論如何，耶俱矢已洗刷嫌疑。是碰巧嗎？狼人似乎在最佳時機襲擊了耶俱矢。

「啊，我也是人類。哎呀～～小矢真是太遺憾了喵。」

「…………」

二亞突然附和六喰般說道。因為太過可疑，精靈們全都給了白眼。

但也沒有證據能證明她說謊。況且現場有另一名人物的嫌疑比二亞更重。

四糸乃戰戰兢兢地開口：

「狂三是人類，耶俱矢也是。那就代表……」

說著便小心翼翼地望向夕弦。夕弦誇張地搖頭否定：

「辯解。不是夕弦。你們想，如果夕弦是狼人，絕不會襲擊耶俱矢，讓自己成為嫌疑犯。」

「啊……」

聽她這麼一說，四糸乃雙眼圓睜。大概是覺得夕弦說的有道理吧。

不過，這時二亞插嘴說：

「咦咦～～？真的嗎～～？難道不是因為早就準備好這個藉口，才故意殺了小矢，想要享受刺激～～？」

「否定。妳有證據嗎？少在那裡瞎猜。」

兩人吵起架來。

不過，夕弦第一天沒投給折紙是事實，今天夕弦被吊死的機率比較大。

問題並不在於夕弦投票給耶俱矢這件事，而是如今除了夕弦以外的嫌疑犯都死了，如果夕弦不是狼人，那就代表真正的狼人在第一天就殺了自己的同伴——

「————」

思考到這裡，士道眉毛抽動了一下。

折紙在遊戲開始前提出荒唐的規則，使得大家對她十分提防。士道也想快點淘汰她，實際上她也在第一天就被吊死了。

倘若真正的狼人看穿了這一點，是不是有可能故意捨棄同伴，好讓自己不被懷疑呢？

這的確是個賭注。不過，士道倒是想到一個人物有膽量和果斷力下此判斷。

「……六喰……還有二亞。」

「唔嗯？」

「嗯？叫我幹嘛，少年？」

聽見士道呼喚，六喰與二亞歪頭表示不解。其實士道只想拜託六喰一個人，但考慮到二亞曾經擔保自己是人類，排除她會顯得有些不自然。

「今天夕弦可能會被吊死。不過，如果吊死她後依然繼續有人死……我希望妳們幫我查驗一個人。」

「唔嗯……？」

「哦～～是誰？」

兩人十分好奇地問道。於是，士道慢慢舉起手，指向某個人物。

「──琴里。」

「…………咦？」

士道說完，琴里便玩味似的瞇起眼睛。

就在這時，手機響起警示音。

『投票時間到了。請指出今天想淘汰的人。一、二、三──』

所有人配合瑪莉亞的號令，同時伸出手指。

結果──夕弦獲得五票，二亞則獲得三票。

「可惜。唔……沒辦法。期待各位奮發圖強。」

夕弦一臉遺憾地皺著眉頭，走向死後的世界。耶俱矢和美九眉開眼笑地對她招手。

『夕弦淘汰。村子迎來夜晚。各位，請閉上眼睛。』

剩餘七人的村子裡響起瑪莉亞的聲音。狼人橫行的夜晚又將來臨。

『——天亮了，請睜開眼睛。

通知各位一個好消息，今天竟然沒有出現死者。』

「咦……！」

「這代表沒有狼人了嗎……？」

聽見瑪莉亞說的話，精靈們高聲說道。然而，瑪莉亞靜靜地搖搖頭。

『不是，狼人還潛伏在村子裡。請開始討論。』

說完的同時開始倒數計時。士道等人表情嚴肅地面對面。

「狼人還在卻沒有出現犧牲者……表示騎士守護了某個被狼人盯上的人吧！」

士道有些大聲地說道。實際上不只有這種可能性，狼人也有可能是襲擊了身為妖狐的士道，

但以士道的立場而言，會希望大家盡可能忘記妖狐的存在，所以強調騎士的存在對他比較有利。

於是，這時二亞拍了手說道：

「說得對。騎士萬歲！我們離勝利越來越近了呢！」

「是啊……然後，關於我昨天拜託的事——」

士道瞥了琴里一眼，這麼說道。琴里神態從容地豎起加倍佳糖果棒——宛如熱情招待挑戰自己的挑戰者似的。

「唔嗯……」

六喰臉頰流下汗水，指向琴里。

「妹妹是……狼人。」

「「…………！」」

聽見六喰說的話，十香、七罪、四糸乃紛紛倒抽一口氣。

其中只有二亞反應有些誇張地開口：

「咦咦！妳在說什麼啊，小六！妹妹是人類啊！」

提出與六喰完全相反的結果。

這時，琴里誇張地聳了聳肩。

「是啊，我是人類。我本來還在猜哪個預言家是冒牌貨，沒想到是六喰啊。我真是吃驚呢。想不到妳第一次玩就玩得這麼厲害——反倒是二亞太老練，顯得特別可疑。」

「啊哈～～！妳損人可真是一點都不留情呢！」

二亞敲了敲自己的額頭……這個動作也非常做作。

「唔……唔～～到底誰說的才是真的……？」

十香頭腦一片混亂，皺起眉頭。於是，六喰和二亞同時探出身子。

「十香，相信妾身！妹妹是狼人！」

「十香，不要被她騙了！相信我！」

「唔、唔～～……」

十香對士道投以求救的眼神。士道苦笑著在腦海中整理思緒。

真正的預言家是六喰。也就是說，士道猜想的沒錯，琴里是狼人。

既然另一個狼人折紙已經死亡，只要這時吊死琴里，就能確定村民──不，是存活到最後的妖狐士道獲勝。

雖然欺騙十香她們令士道良心過意不去，但這是遊戲。士道微微點點頭，開口說：

「我覺得六喰說的才是對的。只要把票投給琴里，就是我們贏了。」

士道說完，十香立刻臉色一亮。

「是嗎！既然如此──」

──不過，就在這個時候。

「……我可以說一下話嗎？」

七罪攤開掌心打斷十香說話。

「七罪……？」

「六喰是真正的預言家，琴里是狼人。這一點我沒有異議。二亞從剛才就一直在附和六喰……不過，可以晚一點再吊死琴里嗎？」

「？為什麼，七罪？」

四糸乃一臉疑惑地問。於是，七罪表情陰鬱地接著說：

「……大家是不是忘了妖狐的存在？」

「——！」

突然提到妖狐的名字，士道不禁肩膀一顫。

「當然妖狐也有可能已經淘汰……不過若是在妖狐還活著的狀態下確定勝負，就會變成妖狐一個人獲勝。可以的話，最好先狩獵妖狐後再吊死琴里。」

「唔嗯……只要妾身進行查驗，咒殺妖狐就好了嗎？」

六喰歪頭說道。不過，七罪思考了一下後輕輕搖頭回答：

「……不，那樣可能太遲了。就算下一回成功咒殺了妖狐，這段期間也會造成一個人被吊死，一個人被狼人襲擊。當然，若是騎士活下來，並且成功保護了村民就另當別論……不過，剩下四人，其中一人是狼人，一人是狂人的話，我們就沒有勝算了。如果被對方占走一半的票數，我們就再也沒有機會吊死狼人了。」

「唔嗯，那該如何是好？」

「……最好是今天吊死妖狐，明天吊死狼人。這樣的話，就算會犧牲一人，應該也勉強能夠獲勝。」

「原來如此……不過，在不知道妖狐是誰的情況下，很難達成吧？」

「嗯……」

七罪突然瞇起眼睛，環顧其餘的成員。

「……有兩個人可能是妖狐。不過，我不認為十香的態度是演出來的……」

接著喃喃自語後——

「——欸，士道。」

瞄準目標般凝視著士道的眼睛。

「幹、幹嘛？」

「……我記得二亞有查驗過你吧。不過，她應該是狂人喲。

我說，你只是單純被騙的村民？

還是——『將計就計，存活到現在的妖狐』？」

「——！」

七罪這番話還有她那看穿一切的視線，令士道不禁屏住呼吸。

「…………」

對觀察天才來說，士道的反應已足以證實她的判斷。七罪突然低垂視線，告知十香等人：

「今天就吊死士道吧。就算他是村民，明天再吊死琴里就好。」

七罪宣告完的同時，手機響起警示音。

『時間到。開始投票。一、二、三——』

在瑪莉亞的號令下，投票開始。

十香等人儘管有些猶豫，最後還是指向士道。

「我、我嗎……」

「……唔。抱歉，士道。」

十香一臉抱歉地將眉毛皺成八字形。士道苦笑著聳聳肩回答：

「別放在心上，這遊戲就是這樣玩的啊。祝村民獲得勝利。」

士道說著一邊嘆息一邊站起來，前往死後的世界。

「……話說回來——」

途中，士道瞥了一眼七罪的側臉。

「……還真有兩把刷子呢。」

以誰都聽不見的細小聲音如此低喃。

如今想起狂三的話，士道才明白在這類遊戲中，七罪的確是最難對付的人吧。

『——天亮了，請睜開眼睛。

有個遺憾的消息。村子郊外發現了七罪的遺體。』

「……啊～～嗯。哎，我想也是。那接下來就拜託妳們啦。」

隔天早上，七罪聽見瑪莉亞的宣告，輕輕點點頭後，對四糸乃、六喰和十香揮揮手，接著站起來。宛如早就預料到自己會被殺死一樣。

……雖然在動身時看見從死後世界對自己微笑招手的美九後，曾猶豫地停下腳步就是了。

剩下的玩家有十香、四糸乃、六喰、琴里和二亞這五個人。

不過，勝負已決。村民們因為七罪賭上性命留下的話語而更加團結。

『那麼，請開始討論。選擇今天要淘汰的人——』

「不，已經不需要討論了。」

十香輕聲打斷瑪莉亞。

「到此為止了，琴里。不——狼人啊！」

然後猛力指向琴里。坐在她兩側的四糸乃和六喰也以充滿決心的眼神盯著琴里。

『她們是這麼說的，琴里，妳打算怎麼做？如果妳有異議，討論時間將照常進行。』

琴里聽了瑪莉亞說的話以及感受到三人的視線後，嘆了一口氣，聳肩回答：

「不用了。我不認為憑短短的討論時間能翻轉這個狀況——雖說死人不會說話，但死者留下的遺言會深深烙印在生者的心中。我受益匪淺啊。」

實際上，琴里是在表達敗北宣言。

瑪莉亞低垂視線，繼續說道：

『我知道了。那麼今天的淘汰者就決定是琴里。

——即使夜晚降臨，村子裡也不再出現犧牲者。

恭喜各位，潛藏在村裡的狼人已全數消失。』

「喔喔！」

「好耶！」

「嗯……！」

三人興奮地歡呼。死後的世界也響起熱烈的掌聲祝福她們。

「呿～～難得我偽裝得那麼好喵。如果留下的是我跟妹妹，應該有辦法反敗為勝吧？」

二亞嘟起嘴，掀開自己手邊蓋著的卡片。果不其然，上面畫著狂人的插畫。

「雖敗猶榮啊。士道的推理能力、七罪的觀察力，還有選擇相信的十香等人。太精彩了。」

說完，琴里也掀開自己的卡片，上頭畫著狼人的圖案。

二亞看著琴里手上的卡片，笑道：「妹妹妳真是有運動家精神呢喵。」

「呀～～！太好了～～！十香、四糸乃、六喰～～！妳們真是太帥了～～！啊，當然七罪也是喲～～！」

美九緊接著抱起七罪，夾在腋下，從死後的世界回到村子，掀開留在自己座位上的卡片。上頭竟然畫著騎士的圖案。

「……嗚哇，美九妳是騎士嗎？死得滿早的耶……」

被美九抱著的七罪臉頰流著汗水，翻開自己的卡片。在最後階段表現亮眼的七罪，身分是普通的村民。

以此為開端，原本待在死後世界的精靈們接連回到自己的座位，像在對答案似的逐一揭開自己的身分。

折紙是狼人；夕弦、狂三是村民；耶俱矢是麵包師；而四糸乃和六喰當然就是靈能師和預言家了。

大概都跟預料中的八九不離十。士道也回到原來的地方，打算揭開自己的身分。

——不過，就在這個時候。

「唔嗯——那麼，是我贏了呢。」

十香突然冒出這句話，翻開蓋在自己手邊的卡片。

上頭——竟然「畫著妖狐的圖案」。

「咦……？」

看到十香的卡片，士道發出錯愕的聲音。

不，不只士道。就連七罪和其他精靈也吃驚得瞪大雙眼。

這也難怪，因為妖狐應該是士道的身分。

難道是不小心放進了兩張妖狐卡嗎？士道連忙翻開自己手上的卡片。

「什麼——」

看到卡片後，他又發出驚慌的聲音。

士道的身分無庸置疑是妖狐。

然而他現在手上拿著的卻是普通村民的卡片。

「不、不會吧？我確實是妖狐沒錯啊……」

士道困惑地皺起眉頭後，突然倒抽一口氣，再次望向十香。

「難道……妳換走了我的卡……？」

於是，十香露出以她平常開朗的模樣難以想像的冷酷表情，展示她手上的妖狐卡。

「怪了，你有什麼證據嗎，人類？」

『——我這裡有記錄每個人的角色——』

「哼。」

瑪莉亞話音剛落，十香便不耐煩地瞇起眼。

於是下一瞬間，顯示出瑪莉亞面孔的手機畫面突然沙沙作響，出現雜訊，接著開始冒煙。

「我、我的手機～～～～～！」

二亞哀號，拿起手機又搖又敲。

不過，十香看都不看一眼，悠然地面向士道。

「我再問一次。你有證據的話，就拿出來啊——就算你說的是實話，我也沒有違反這個遊戲的規則，不是嗎？」

「「——————！」」

十香說完，士道與精靈們的肩膀微微一顫。

她說得沒錯。雖然在折紙第一天被淘汰後已經算是有名無實，但這個狼人殺遊戲還是以〇〇式規則在進行。無法提出證據的欺騙不算欺騙。那麼，現在這個結果就是一切。

十香像在確認沒有人反駁似的睥睨大家後，抬起下巴冷哼了一聲。

「勝者永遠只有名副其實的『十香』一人。」

接著她如此說道，將妖狐卡片扔向士道。

士道見狀，流下汗水。

她說話的語氣與表情和平常的她簡直是天差地別。實際上，有一部分精靈對她突然一百八十度大轉變的態度吃驚得說不出話。

不過，士道卻對「這個十香」有印象。

沒錯——她是十香的反轉體。

精靈反轉時鮮少發生靈力異常或顯著的變化，但感覺現在的十香跟當時的反轉體十分相似。

「……等一下，既然ＯＯ式規則還在執行——」

這時，七罪皺起眉頭，從喉嚨擠出聲音說道。

士道聞言也發現ＯＯ式規則的重點並不只有容許欺騙，還有生存的勝者能對敗者提出一個要求。

「「……！」」

士道和精靈們嚥了一口口水。

若是平常的十香也就罷了。大家都很戒備，不知道態度驟變的十香會提出什麼要求。

十香像是察覺到士道等人的憂慮，淺淺一笑，緩緩開口。

不過——

「……唔，我在猶豫是要選咖哩還是漢堡排……可是考慮到既然是來露營，還是應該選咖哩吧……」

下一瞬間如此說道的十香表情又回到士道等人熟悉的樣子。

「……咦？」

士道不禁瞪大雙眼，歪了歪頭。於是，十香一臉疑惑地凝視著士道的臉。

「唔？只能提出一個要求吧？那我還是想點午餐的菜單……」

「啊，沒什麼……」

因為突然變回平常的十香，士道亂了方寸，便搖搖頭蒙混過去。

剛才的十香到底是怎麼回事？士道搔了搔臉頰，感覺像是作了個奇妙的白日夢。

不久，十香想起什麼似的捶了一下手心。

「我決定了，我要拜託大家一件事。」

「喔，好啊。妳想吃什麼？」

「不是，我決定午餐就交給士道自己決定。我想拜託別的事。」

「別的事？」

「嗯。」

士道詢問後，十香便望著大家的臉，莞爾一笑。

「希望大家從今以後一直幸福地生活下去。這就是我的願望。」

「——」

士道一時之間說不出話。

聽見這個「願望」——

十香的話令他感到意外是原因之一，但主要是因為十香說出這個願望時的表情、聲音，令士道心頭一緊。

沒錯。宛如大家在剛才的遊戲中赴死時所留下的遺言——

「……唔？怎麼了？」

「！不……沒什麼。」

士道回答後，十香精神奕奕地說：「是嗎！」開始收回大家公布完的卡片。

「那麼，再玩一次吧！這次不用〇〇式規則！」

說完，十香把卡片發給大家。

精靈們本來愣了好一陣子，不久才勾起嘴角，開始確認發到手上的卡片。

「呵呵，有意思！這次本宮一定要讓汝等見識吾之力量！」

「應戰。這次夕弦才不會輸。」

「那麼，接下來用OOO（Triple O）式規則——」

「……妳又會在第一天被吊死喔，折紙。」

大家你一言我一語，開始準備下一輪遊戲。

「那麼，開始吧。」

士道也吐了口氣重新打起精神，確認被發到的卡片，坐回原本的座位。

日後十香

AfterTOHKA

DATE A LIVE ENCORE 10

四月，位於天宮市東天宮的五河家的廚房。

一家之主五河士道正「咚咚咚」有節奏地用菜刀切菜。

將切得極細的高麗菜絲放到盤子，再將番茄和炸得酥脆的蟹肉奶油可樂餅放到高麗菜絲上。

「好了……哎，就這樣吧。」

士道吐了口氣，脫下圍裙，把盛著可樂餅的盤子端到餐桌上。

桌上已經擺滿了漢堡排、燉菜、餡料快滿出來的總滙三明治等佳餚，豐盛得宛如在慶生。

當然，這些分量一個人吃太多了。士道之所以準備這些午餐，有明確的理由。

沒錯。那就是——

「——我回來了，士道！」

瞬間，走廊傳來「啪躂啪躂」的腳步聲，門立刻用力敞開，冒出一張少女的臉。

烏黑長髮翩然飛舞，水晶般的雙眸染上欣喜之色，美得驚人的面容如今點綴著和藹可親的笑容。

她的身影、表情、聲音，令士道不禁揚起嘴角。

不過，這也難怪。因為她正是士道這一年來一直愛慕著的少女。

「——喔喔，妳回來啦，十香。」

士道內心百感交集地回應她。

十香，夜刀神十香。

士道過去邂逅並封印其力量的「精靈」。

多次支持、幫助士道，無可替代的夥伴。

也是一年前——從士道等人面前消失的少女。

本以為無法再相見的她，如今卻出現在他的眼前。這樣的奇蹟令士道再次熱淚盈眶。

「唔，你怎麼了，士道？」

「……喔喔，沒事。我只是在想妳檢查得比想像中還久呢。別說了，妳看，午飯做好嘍。全是妳點的菜，包妳吃得盡興。」

「喔喔！」

士道如此說著蒙混過去，展示一桌子的菜後，十香便緊貼著餐桌，眼睛瞪得圓滾滾的。

「什麼……！該不會把我說想吃的菜全都做了吧！我還以為肯定只會從中挑一樣來做——」

「嗯？做得有點太多了嗎？」

士道露出有些頑皮的微笑說道，十香便猛力搖了搖頭。看見她那逗趣的動作，士道又忍不住發笑。

「既然都做了，就快趁熱吃吧。別忘了洗手漱口喔。」

「嗯！」

十香精神百倍地點點頭，快速準備完畢後就座。士道也在她的對面坐下，雙手合十。

「那麼，我要開動了。」

「我要開動了！」

士道與十香同時說完，開始享用熱騰騰的午餐。

今天是平日。其他人不是去學校就是去工作，五河家只有士道與十香兩人。

嚴格來說，士道也有大學的課要上，但他今天特別請了假。畢竟今天是十香久違地回到五河家的日子。

——時間回溯到數日前，四月十日，十香出現在士道面前那一天。

據二亞所說，是因為可稱為「世界意志」的存在化為魔力，將消融於世界的十香的情報重新組合——想也知道，這對〈拉塔托斯克〉來說是十分異常的事。

不管二亞再怎麼拍胸脯拍證，〈拉塔托斯克〉都必須確認十香和世界雙方的安全。果不其然，十香與大家重逢沒多久，就被帶到〈佛拉克西納斯〉接受詳細的檢查。

話雖如此——

「…………」

士道凝視津津有味地吃著午餐的十香，微微一笑。

他能明白〈拉塔托斯克〉的擔憂，但十香大快朵頤的模樣一點都沒變，甚至令人絲毫感覺不到她曾經消失過一年。

「嗯，真好吃……！才一段時間不見，你廚藝又提升了呢，士道！」

「哈哈，是嗎？」

士道有些難為情地笑了笑，將燉菜送進口中。

雖然不認為自己廚藝有進步，但的確如十香所說，莫名地覺得好吃。不過，這搞不好是因為十香就在眼前吧。

沒多久，滿桌的菜餚便一掃而空。順帶一提，其中的九成三都是十香吃的，士道只吃了零點七成。十香一臉滿足地摸著肚子，幸福地吐了口氣。

「多謝款待！嗯，我吃得很飽……已經沒有遺憾了。」

「這笑話一點都不好笑……」

士道聞言，不禁露出苦笑。於是，十香「嗯？」地歪過頭，然後恍然大悟似的搖頭說：

「抱歉，我沒有那個意思。」

「沒關係，我明白。」

那非常符合十香的本色。士道聳聳肩回答她後，接著說：

「話說，妳還有什麼其他想做的事嗎？我今天請假，一整天都能陪妳。」

十香聽見士道說的話，做出思考片刻的動作後開口：

「想做的事……嗎？嗯，那我想拜託你陪我做一件事，可以嗎，士道？」

「當然。妳想做什麼？」

「嗯。這個嘛——」

士道詢問後，十香便露出閃閃發光的眼神，繼續說了。

◇

「嗯——」

來禪高中一年二班的教室裡響起了通知下課的鈴聲。

鈴聲一響，五河琴里便稍微伸了懶腰。用白色與黑色緞帶紮起的頭髮搔弄著椅背，剛穿不久的黑色西裝外套發出硬質的衣服摩擦聲，布料逐漸刻劃出皺紋。

「哎呀，下課時間到了嗎？」

站在黑板前的教師如此說道，放下手中的粉筆，接著動作誇張地面向學生。她那淡色的金髮隨之飛揚，描繪出動作的軌跡。

「那麼，今天就上到這裡。各自多加複習。」

說完，聽學生喊完起立敬禮的號令後便收好點名簿、教科書，打算離開教室。

然而那一瞬間，這名教師在平地滑倒，摔得十分淒慘。

「啊唔……！」

一屁股跌坐在地，手上的點名簿和教科書砸到頭上。

事發突然，學生們瞪大眼睛，連忙跑過去關心。

「艾、艾蓮老師！」

「妳沒事吧！」

「……沒事，沒問題。」

身為英文老師，同時也是一年二班班導師的艾蓮・梅瑟斯眼角微微泛著淚光，表情卻維持凜然，試圖站起來。

不過，大概是非常痛吧，只見她像隻剛出生的小鹿雙腳顫抖，摟著現場學生的肩膀，好不容易才站起來。

「真是的，一點都沒變～～」

琴里苦笑著輕輕聳了聳肩。

曾經被譽為人類最強的巫師，讓琴里等人吃盡苦頭的艾蓮，沒有顯現裝置輔助的話就是個傻大姊。高中開課才沒過幾天，已經看見她摔倒三次了。

「看起來好痛喔……要不要過去幫忙啊？」

這時，鄰座傳來擔心的聲音。循聲望去，便看見一名五官柔和的少女。她是今年開始和琴里一起上這所高中的前精靈，冰芽川四糸乃。

她的左手已不見過去的專屬標誌兔子手偶。以往片刻無法離手的好友「四糸奈」，如今正躺在四糸乃的書包中沉睡。

沒錯。四糸乃從一年前左右就慢慢能脫離「四糸奈」生活，甚至成長到在學校時大部分時間都能單獨行動。

「不用吧？已經有很多人去幫她了。」

琴里嘴巴做出像含著隱形糖果棒的樣子說道。

實際上，艾蓮的周圍已經聚集了幾名學生。雖然艾蓮從開學時就一直散發出「哼，我才不打算跟學生打成一片」的冰冷氣息，但因為致命性的沒有運動細胞而醜態百出，如今則成為最平易近人的老師，受到學生們愛戴。

……不過，與其說是身為優秀的教師而受學生尊敬，看起來更像是個令人擔心，需要費心照顧的大姊姊，卻也不改她廣受學生歡迎的事實。

這時，大概是看見這樣的情況，這次換坐在前面座位的兩名學生轉頭望向琴里和四糸乃。

「唔嗯……不過，著實令人深感意外呀。沒想到那個艾蓮，竟然會摔得如此淒慘。」

一名是五官稚氣，身材卻前凸後翹的前精靈——星宮六喰。

「會嗎？她在DEM的時候，平常就是那副德性。」

另一名則是左眼下方有顆淚痣、給人精悍印象的前巫師——崇宮真那。

當然，像這樣熟人齊聚一堂的情況並非偶然。

雖說大家已經習慣現在的生活，毋須擔心靈力逆流，但把之前曾是精靈的人集中在一個地方總是比較方便，於是〈拉塔托斯克〉便暗中把所有人安排在同一個班級。

然而像這樣連座位都安排在一起則是純屬偶然了。實際上——

「…………」

琴里瞄了一眼斜後方——靠窗的座位。〈拉塔托斯克〉相關人士中，唯一座位遠離的前精靈鏡野七罪正望著遠方凝視天空。

雖然安排到同一班，純粹以抽籤決定座位這種事就難以暗地操作了。結果，只有七罪非常倒霉地坐在遠離大夥兒的位置。七罪抽籤時發出「……啊！」的聲音還有表情，至今仍烙印在琴里的腦海裡。

不過，話雖如此，琴里並不怎麼擔憂七罪的現況。因為她和琴里等人同班的事實並沒有改變，而且——

「——七罪，下課了喔。妳在發什麼呆啊？」

「……！啊，嗯。抱歉，花音。」

坐在七罪隔壁座位的女學生熟絡地說道。七罪肩膀一顫回過神，開始收拾課本和筆記本。

沒錯，七罪的國中朋友綾小路花音也剛好和大家一樣就讀來禪高中，並且分到同一班。

琴里莞爾一笑後轉回前方，將課本收進書包。

剛才上的英文課是第六堂，今天最後一堂課。接下來只要開完班會，應該就能回家了。周圍的其他人也跟著開始收拾書包。

不久後，先回教職員辦公室一趟的艾蓮回到教室（途中好像又跌了一跤，絲襪的膝蓋部位破了一個洞），告知一些簡單的聯絡事項後便宣布放學。

琴里拿起書包站起來，等待七罪和花音過來後，指了指教室門口。

「那我們回家吧。」

「……嗯，走吧。」

如此說完離開教室，在走廊上前進。放學的學生和前往社團活動的學生來來往往，熱鬧的喧囂聲籠罩著放學後的校舍。琴里她們排成兩排走向鞋櫃處，以免防礙到其他學生。

「——啊，五河同學，妳要回家了嗎？」

途中，後方突然傳來聲音，琴里聽見後停下腳步。

往後看去，便看見一名戴著眼鏡的嬌小老師。是熟面孔。琴里轉身面向她，行了一個禮。

「是的，再見，岡峰——不對，是神無月老師。」

琴里改口後，岡峰珠惠，更正，是神無月珠惠老師便露出傻氣的笑容。

「唔呵呵……我還不習慣呢。可以再叫我一次嗎？」

說著便炫耀起戴在左手無名指上的戒指。

琴里苦笑著再次呼喚「神無月老師」後，珠惠便滿臉通紅地扭動身軀。

沒錯。之前還在交往的岡峰珠惠與〈拉塔托斯克〉副司令神無月恭平，終於在前陣子登記結婚了。

順帶一提，聽說神無月求婚時說的話是「請妳每天早上扮成國中女生來踐踏我」，珠惠太過感動，不疑有他就一口答應。

而神無月在琴里國中畢業時，一本正經地對她說：「可以把制服送給我嗎？我想讓我老婆(Honey)穿。」於是，琴里便用她依樣畫葫蘆學來的寸勁攻擊她所知的所有人體要害。

不過，既然本人覺得幸福，外人也不好插嘴。琴里似笑非笑地再次行禮道別後，邁開腳步。

四糸乃等人也跟在她的後頭，在走廊上前進。

「現在回家的話，應該能在五點前到家。」

「是啊。這麼說來，大家好久沒有像這樣一起回家了呢。」

琴里說完，真那如此回答。

琴里等人經常一起上學，但未必會一起回家。

四糸乃、七罪和六喰三人一直在參觀社團，想決定要加入哪個社團，而早就決定參加劍道社的真那已經開始練習。有〈拉塔托斯克〉的工作要處理的琴里則是決定不參加社團，這幾天都是開完班會的同時跟大家道別。

不過，今天，今天——

唯獨今天，大家約好了一起回家。

四糸乃她們暫停參觀社團，真那事先請好假。琴里雖然還有一些工作沒處理，今天卻打算直接回家。

這也難怪。因為今天是——

「……嗯？」

這時，走在走廊上的琴里微微皺起眉頭。

因為前方聚集了一堆人。

「唔嗯，究竟發生何事？」

「就是說呀——請問，發生什麼事了嗎？」

琴里詢問前方一個疑似高年級的學生。於是，那名男學生擦拭額頭冒出的冷汗，一邊回頭。

「是、是啊……聽說傳說中的學長正在鞋櫃處。」

「傳說中的學長……？」

琴里對這個名號感到不解，同時在腦海中發揮想像。

是曾在社團活動叱吒風雲的傳說中的畢業生……嗎？現在是四月，畢業的學長姊來社團露個臉見見學弟妹，絕不是什麼稀奇的事。

不過，男學生表情嚴肅地接著說：

「一年級可能不知道，但在我們之間可是蔚為話題……我奉勸妳最好等學長離開再走，否則被盯上可就不好了。」

「是、是這樣嗎……？」

聽到他的語氣，琴里不由得臉頰流下一道汗水。

這麼可怕，是知名的不良少年嗎？素行不良被退學的畢業生，率領混混同伴回到母校……在不良少年的漫畫或連續劇中經常出現這種劇情。

不過，來禪高中這所學校的學生大多是比較遵守紀律的。讓精靈們入學時，〈拉塔托斯克〉也簡單調查過，應該沒有那種典型的不良學生才對。

然而，事實與琴里的想法相反，周圍的其他學生也紛紛贊同男學生說的話，你一言我一語：

「那個學長是傳說中的花花公子，身邊總是有好幾個女生服侍！」

「轉學進來的女學生全都遭到他的毒手……！」

「自家的別名被稱為『只屬於我的動物園』，甚至準備了牢籠囚禁女孩子！」

「……………嗯嗯？」

正當琴里歪頭表示疑惑時，前方的人群立刻喧鬧了起來。

「學、學長……！來了！」

「女孩子快躲起來！絕對不要跟他對上視線！」

然後響起彷彿山賊攻進村子的吶喊。

「呃……」

「怎、怎麼辦？琴里……」

正當琴里一行人感到不知所措時，沒多久，人牆分成左右兩邊，顯露出「傳說中的學長」的身影。

「咦！」

「唔嗯？」

「哎呀。」

她們看見他的長相，不禁瞪大眼睛。

這也難怪。因為出現在那裡的正是琴里的哥哥，五河士道。

「哥哥？」

琴里這麼呼喚，士道便像是發現她的存在，輕輕揮了揮手。

「啊，看到了看到了，終於找到妳們了。」

然後「啪躂啪躂」地踩著來賓用的拖鞋走向琴里她們。每踩一步，周圍便會掀起嘈雜聲。

「……哥哥，大家好像非常怕你耶……」

琴里瞇著眼吐槽後，士道滿不在乎地露出極其爽朗的笑容。

「哈哈，妳以為我待在這個學校多久啦？

——這種程度的閒言閒語，我只覺得像鳥叫聲。」

「……這、這樣啊。」

琴里臉頰僵硬地苦笑道。沒想到與精靈生活竟然將士道的心鍛鍊成鋼鐵般堅強……身為造成這種狀況的〈拉塔托斯克〉司令，琴里感到有點愧疚。

「話說，兄長，你怎麼會在這裡？來高中有什麼事嗎？」

站在琴里旁邊的真那歪頭詢問。沒錯，士道是琴里的義兄，也是真那的親哥哥。

「哥哥……？兄長……？」

「三兄妹？可是那是二班的五河和崇宮吧？姓氏不一樣耶……」

「難不成，是被逼迫叫兄長那類的玩法……」

針對琴里與真那說出的稱呼，人聲更加嘈雜了。

不過，士道依然沒放在心上，表情如沐春風地接著說：

「嗯，有點事——她說想了解大家的近況。」

「咦？」

聽見士道說的話，琴里瞪大了雙眼。

於是，士道突然低垂視線，往旁邊移動一步。

宛如要展現站在自己後方的人物。

「————」

看見從士道背後走出的人影——

琴里不禁倒抽一口氣。

不，不只琴里，還有真那、四糸乃、七罪和六喰。

所有人的表情全都染上驚愕之色。

不過，這也難怪。

因為站在那裡的是——

「──嗯。大家，好久不見了。呵呵，來禪的制服也很適合妳們喔。」

溫柔微笑著如此說道，頭髮如夜色般烏黑亮麗的少女。

「十香──」

琴里有些無意識地從脣間吐出這個名字。

當然，琴里和其他人早已知道一年前消失的她死而復生的消息。大家曾透過螢幕見過一面，至於琴里，還曾經在十香檢查身體時與她聊上幾句話。

因此，她當然也知道十香會在今天檢查完身體，大家才會在今天取消其他安排，打算直接回家。

沒錯。她們應該早已做好十足的心理準備，甚至事先準備好要對十香說什麼。

不過當她像這樣再次出現在眼前時，難以言喻的感情接連湧來，讓她們一句話都說不出來。

於是，十香看著琴里等人的模樣，苦笑道：

「唔……嚇到妳們了嗎？我想說既然要來學校，就要穿上這身衣服呢……」

她說完，垂下視線示意自己的服裝。

她現在穿的是與琴里她們同樣的制服。那副模樣，與琴里她們記憶中的十香如出一轍。

大概是因為穿著制服，能聽見周圍的學生交頭接耳地說：「那、那個美少女是誰？該不會又一個人遭到毒手了吧？」「等一下，那是一年前休學的夜刀神學姊……？」「什麼！她就是傳說中被關進五河學長只屬於我的動物園的那個學姊嗎！」不過，士道依然置若罔聞就是了。

「十香——」

宛如被釘住般佇立在原地的少女當中，最先恢復行動的是四糸乃。她感動萬分地蹬向走廊地板，三步併作兩步地撲向十香的懷裡。

「十香、十香、十香……！」

「……嗯、嗯。是我，四糸乃。」

「嗚，啊，啊——」

十香溫柔地緊抱住四糸乃，撫摸她的背。四糸乃立刻肩膀顫抖著抽泣，將臉更加用力地埋進十香的懷中。

——四糸乃的這個舉動引發了連環效應。

「十香……！」

「……十香——」

「十香！」

「十香……！」

琴里等人從咒縛中解脫般蹬向地板，同時奔向十香。將十香團團包圍，激動地緊抱住她。

「嗯——大家，我好想你們喔。抱歉讓你們久等了。」

十香把充滿肺腑的思念化為言語如此說完，使勁地回抱每一個人。

◇

「大家辛苦了！所以，乾杯～～！」

「乾杯（Prosit）！」

「呼應。乾杯。」

「乾杯。」

天宮市內某個居酒屋包廂中。

本条二亞帶頭乾杯後，響起無數輕快的碰杯聲。

「…………」

鳶一折紙拿起酒杯，將倒到酒杯中的液體一口氣灌進喉嚨深處。碳酸的強烈刺激與柑橘類的清爽香氣通過口腔。

「！咻～～小折折酒量真好。」

二亞吹著拙劣的口哨，一邊鼓掌。

坐在對面的八舞耶俱矢見狀，無奈地苦笑道：

「她酒量哪裡好了……？這是無酒精飲料吧？」

「微笑。別掃興，這種場合主要是喝氣氛的。」

坐在耶俱矢旁邊的雙胞胎姊妹夕弦莞爾一笑，嘴巴湊向杯子。

這一對長相可說是一個模子刻出來的雙胞胎，實際上要區分兩人並不難。可以從髮型或體型等特徵來分辨，但最大的區分重點在於兩人就讀大學後，就不再穿著同樣的制服了。

夕弦的穿搭大多較清爽整潔，一副大學生的模樣。相反地，耶俱矢雖比高中時成熟許多，因為喜歡穿黑色基調的衣服，又經常在手上戴銀飾，即使距離有些遠也能分辨出兩人。

聽見夕弦說的話，二亞「啊哈哈！」地笑著拿起酒杯喝酒。當然，二亞的酒杯裡裝的是真正的酒。

「沒錯沒錯。令人沉醉的是氣氛啦，小矢——我說，大家未免太正經了喵。都是大學生了，喝點酒又沒什麼。十八歲跟二十歲都差不多啦。」

臉頰早已通紅的二亞開懷地擺了擺手笑道。

於是，大概是聽見二亞說的這番話，只見坐在靠內座位的少女開始操作手機。

「【快報】漫畫家本条蒼二在慶功宴上強迫未成年少女喝酒——」

「喂！妳想發什麼推啊，機器子！」

二亞猛然瞪大雙眼，望向少女。不過，少女——瑪莉亞面不改色地淡淡說道：

「沒有啊，只是想讓守法意識不足的落伍不良漫畫家知道社群平臺的可怕。」

「討、討厭啦，人家只是開個小玩笑嘛。二十歲成年後才能喝酒！……所以求求妳，快放下手機吧。」

二亞整張臉冒著冷汗，跪拜在地。瑪莉亞翻了白眼，嘆了一口氣後，將手機返回主畫面，收進包包。

「我也不希望少了一個地方打工。妳好歹也算是個名人，說話謹慎一點。」

「好啦～～……」

二亞露出酒醒似的表情回答。

於是，瑪莉亞緊接著折起手指心算……當然，身為〈佛拉克西納斯〉的ＡＩ，她的演算性能是人類無可比擬的。簡單的計算根本不需要折手指心算，不過這也算是她個人獨特的堅持吧。瑪莉亞平常就有喜愛人類動作的傾向。

「那麼，我就趁還沒忘記時向妳請款吧。三具介面體，工作十小時，總共六十萬圓。請在月底前匯入指定的帳戶——妳們也快點請款比較好喔。」

瑪莉亞如此說道，望向折紙等人。

沒錯。折紙她們並非只為了聚會才聚集在一起，而是因為二亞今天要截稿卻人手不足，才被緊急叫來救場。這次聚會終究只是為了慶祝順利交稿罷了。

「真不爽。」

折紙將玻璃酒杯用力放到桌上後，吐了口長氣——宛如在表達充滿內心的些許不滿。

於是，二亞一臉抱歉地雙手合十。

「對不起啦～～……突然叫妳們來，我也覺得很過意不去啊～～」

「不是。」

然而，折紙靜靜地搖了搖頭。

接著八舞姊妹「嗯、嗯」地頷首道：

「沒錯。都特地來幫妳了，好歹也帶我們到更好的店消費吧。」

「首肯。為什麼帶我們來便宜的連鎖店？不過，倒是挺符合二亞的形象就是了。」

聽見八舞姊妹說的話，二亞嘟起嘴。

「真是的～～才剛上大學，臭屁什麼～～平價酒館有平價酒館的優點。比起厚切炸火腿，我更愛吃切成薄薄的那種。要我帶妳們去高級一點的酒館，等妳們成年能喝酒再說吧——」

折紙嚴厲地打斷二亞說話。

「也不是指這件事。」

折紙並不在意被叫來幫忙趕稿，也不是對酒館有意見。

她感到不滿的是其他事。

「——妳不必費心準備這種理由，我本來就沒打算妨礙士道與十香重逢。」

折紙說完，八舞姊妹無奈地聳了聳肩表示同意。

「哼。哎，說得對，別小看我們。」

「同意。二亞，妳想太多了。我們還是懂點分寸的。」

看見三人的反應，二亞苦笑道：「啊～～……」

沒錯。今天是復活的十香在〈佛拉克西納斯〉做完精密檢查，回到五河家的日子。

折紙這些大學生比高中組更能靈活調配時間，因此是可以特地請假與士道一起在五河家等待十香的。

也因為這樣，二亞才會刻意叫折紙她們過來幫忙，想為士道與十香多製造一點相處的時間吧。真是瞎操心。

大概是看見三人的反應，瑪莉亞又翻白眼說道：

「大家，不要被她糊弄過去了。的確，這或許是其中一個理由，但她的原稿進度是真的出問題了。」

「好不容易就要以一段佳話收尾，妳沒必要非得潑冷水吧～～！」

聽見瑪莉亞說的話，二亞發出哀號般的聲音。那副死性不改的模樣，讓八舞姊妹看得哈哈大笑。

就在這時——

「……哎呀？」

二亞的手機響起來電鈴聲。二亞推了眼鏡，按下通話鍵。

「是我～～七果？啊～～放學了嗎？那正好，大家都在這裡，妳也過來吧。嗯，老地方。好，好～～」

說完，二亞將手機放到桌上。耶俱矢見狀，出聲詢問：

「是七罪嗎？」

「嗯。她看工作室沒有人，就打電話給我。是有什麼事嗎？還是想在吃晚餐之前打發一下時間呢？」

二亞說著將啤酒一飲而盡後，瑪莉亞便對她投以懷疑的視線。

「妳該不會因為平常的壞習慣，也傳求救簡訊給七罪了吧？」

「咦？討厭啦，就算是我，也不會犯這種……」

二亞在說話途中滑動手機畫面。

之後才自信滿滿地接著說：

「——不會犯這種低級的錯誤！」

「欸，妳話說到一半的時候，肯定感到不安了吧！」

「確信。妳在確認是不是有不小心傳了簡訊。」

八舞姊妹不客氣地吐槽她。「嘿嘿☆」二亞像老派漫畫那樣吐出舌頭蒙混過去。不過，令人懷疑這樣真的能蒙混過去嗎？

不知過了幾分鐘，二亞等人正在閒聊，沒多久包廂的門打開，有新的訪客造訪包廂。

「是這裡啊！打擾嘍！」

「——！」

聽見來人的聲音，看見來人的面孔後，所有人不禁瞪大了雙眼。

不過，這也是理所當然的事。

因為出現在那裡的是完全出乎折紙她們預料的人物。

「好久不見了！折紙、耶俱矢、夕弦、二亞！還有瑪莉亞，好久沒看到妳這副模樣了！」

沒錯。進入包廂的並非剛才與二亞通電話的七罪——

而是藉由世界意志重生的夜刀神十香本人。

「咦！十香！」

「啥！不會吧！」

「驚愕。妳為什麼會在這裡？」

二亞、耶俱矢、夕弦的臉染上驚愕之色，探出身子。唯獨瑪莉亞一人冷靜沉著地注視著她。

「喔，在喝酒耶。」

「……穿制服進居酒屋，這樣可以嗎？」

「啊哈哈……」

「沒問題、沒問題。聽說只要有一個成年人陪同就可以～」

繼十香之後，士道、七罪等高中組，以及戴在四糸乃左手上的兔子手偶「四糸奈」陸續現身。原本還挺寬敞的包廂瞬間擠滿了人。

「怎、怎麼怎麼？大家怎麼都來了？這是怎樣，整人節目嗎？還是機器子妳指使的？」

「真沒禮貌，跟我完全沒關係。不過，我是有察覺十香他們要來這裡就是了。」

瑪莉亞突然垂下視線說道，像在表達察覺是察覺了，但是她可不會做出說溜嘴這種不識相的事。

於是，十香動作誇張地點點頭，繼續說：

「是我說想去找妳們的——我想知道我不在的這段期間，大家都在做什麼。」

說完，她依序牽起耶俱矢、夕弦、二亞和瑪莉亞的手，和她們一一用力握手。瑪莉亞和夕弦優柔地微笑；二亞有些難為情地笑了笑；耶俱矢則是淚眼婆娑，被夕弦取笑。

然後——

「——折紙，好久不見。」

最後，十香朝折紙伸出手。

一年前，從折紙面前消失的那個身影，以殘留在折紙記憶中的聲音說道。

「嗯。」

折紙簡短地回答，牽起十香伸出的手，緊緊地握住。

十香也像在回應她，面帶微笑地回握。

透過右手，折紙真真切切地感受到十香的手的觸感、體溫和微弱的脈搏。

不是夢境，也不是幻影，是十香本人。她的存在感甚至令人絲毫感受不到一年的空白。

——既然如此，已經不需要手下留情。

折紙靜靜地眯起眼睛後，吐出一句話：

「妳非常幸運。還好妳現在才回來。」

「唔？什麼意思？」

十香一臉疑惑地歪了歪頭。折紙維持同樣的聲調接著說：

「要是妳再晚一年回來，士道就完全屬於我了。」

「什麼……！」

「——噗呼～～！」

聽見折紙說的話，十香瞪大雙眼，站在她後方的士道則是一陣猛咳。

「妳、妳在說什麼啊，折紙！那種事——」

「妳太天真了。我跟士道都十八歲了，今後是大人的時間。我可不會像高中那樣溫溫吞吞的。應該說——」

折紙用左手拿出手機，顯示出一張照片秀給十香看。

「——我已經跟士道結婚了。」

那張照片是兩人的合照，折紙穿著婚紗，士道則是穿著紳士晚禮服。

「這、這是……！」

十香凝視著螢幕上顯示的照片，一雙眼睛瞪得圓滾滾的。其他少女也從旁邊探頭看那張照片，一臉愕然。

「士、士道……？」

「這張照片是怎麼回事，郎君？」

「質問。折紙大師說的是真的嗎，士道？」

「怎麼可能嘛！只是在結婚會場拍照而已啦！我說折紙，我不是說過不要把那張照片拿給大家看嗎！」

所有人步步逼近，令士道發出哀號般的聲音。

折紙垂下視線，輕輕搖了搖頭。

「我本來也沒有打算要把照片給大家看，但是情況改變了——況且，這張照片是用我的相機偷拍的，跟你禁止我給別人看的是不同張。」

「妳還真會扯歪理耶！」

士道說完，十香鼓起臉頰面向折紙。

「果然沒結婚嘛！少隨便亂說！」

「結婚是遲早的事。妳不在的這一年，我跟士道做了各種不可告人的事，加深了我們之間的愛。」

「什、什、什麼……！」

十香滿臉通紅地望向士道。士道猛力搖頭否認。

十香見狀，再次瞪大眼睛。

「妳、妳又騙我，折紙！」

「我只是說『各種事』，妳自己要胡亂想像，怪我嘍？」

「唔唔唔……盡扯些歪理！總之！我不會把士道讓給妳！」

「那是我要說的。」

十香與折紙握手握得比剛才用力，甚至發出「嘎吱嘎吱」的聲音，眼神銳利地盯著對方。

「…………」

「…………」

然而不久後，十香忍俊不禁似的噗嗤一笑。

「……呵。真是的，妳完全沒變呢，折紙。」

說完無奈地聳肩笑了笑。

折紙見狀，也不由自主地笑了起來。

「妳也是──很高興能再次見到妳。」

折紙如此回答後，其他少女對她投以彷彿看見什麼稀世珍寶的眼光。

「哇～～真稀奇耶～～小折折笑了。」

「呵呵，笑起來很好看嘛。要是平常也這麼笑就好了。」

「……明明畫面很溫馨，我卻覺得有內幕，是因為她平常的所作所為造成的吧。」

大家妳一言我一語。折紙面無表情地面向說出這句話的人，七罪便移開視線裝蒜。

就在這時，十香像是想起什麼，朝四周張望。

「對了，狂三和美九人呢？我還以為她們肯定在一起。」

「啊～～三三大概在自己家吧。我有傳求救簡訊給她，但她說她在忙，拒絕我了。然後，小美她──」

二亞說著操作起手機，秀給十香看。

手機螢幕上播放出美九身穿美麗的服裝，在五光十色的舞臺上載歌載舞的影片。

「喔喔——這是？」

十香雙眼圓睜，凝視著影片。士道接著說明：

「美九前陣子將活動據點移到美國去了，據說目前在那邊人氣直線上升喔。」

「竟然……！美國是那個很大的國家嗎？不愧是美九呢！」

十香「嗯、嗯」地點頭表示理解後，有些遺憾地嘆了一口氣。

「這樣啊。如果可以，我也想見見美九，只好等她下次回國了。」

瑪莉亞點頭回應：

「是啊。還得再等三十秒。」

「嗯…………唔？」

十香無奈地點點頭後，歪頭表示疑惑。

於是，過了整整三十秒。

包廂的門再次打開。

「——十香～～～～～～～～！國際天后誘宵美九，為了妳飄洋過海回來了～～～～～～～～——！」

然後一名身穿華麗舞臺裝的少女熱淚盈眶地抽泣著直奔向十香，一把抱住她。事發突然，十

香慌亂得眼珠子直打轉。

「美、美九！妳不是在美國嗎？」

「十香回來的日子，人家怎麼可以缺席嘛～～！別擔心！人家有好好完成今天的工作才回來的，至於出入境手續，人家已經拜託〈拉塔托斯克〉幫忙公關了！」

美九挺起胸膛，自信滿滿地喊出無限接近灰色地帶的發言。所有人的目光集中在瑪莉亞身上；瑪莉亞聳聳肩裝傻說：「我什麼都不知道喔。」

「啊！對了！我有帶禮物要送十香～～！」

「唔？禮物……？」

「是的～～！人家搭乘〈拉塔托斯克〉小型艇，請他們送人家來這裡時，在路上撿到的～～！來，請進吧～～！」

美九笑容滿面，朝包廂門招了招手。

於是，一名身穿單色系洋裝的少女一臉無奈地走了進來。

「真是的，別把人說得像是棄貓一樣好嗎？」

亮麗的黑髮，白皙的肌膚，以及「左右顏色相同的雙眸」。

看見那名少女，十香大吃一驚。

「——狂三！」

「是的。好久不見了，十香。」

十香呼喚她的名字後，過去人稱最邪惡精靈的少女——時崎狂三便露出與那可怕的稱號不搭調的溫柔微笑。

「咦～～三三妳不是說在忙嗎～～既然要來，不如先幫我畫完原稿再來嘛～～」

二亞見狀，一臉不滿地嘟起嘴。

「恕我拒絕幫妳收拾爛攤子，但十香在的話，就另當別論。」

狂三冷漠地垂下視線說道。

「討厭～～！三三真過分～～！」二亞反應誇張地扭動身軀，後來大概是看見大家點頭表示再同意不過的態度，便尷尬地垂頭喪氣。

「啊！真是對不起……我下次一定會遵守截稿時間……」

然後氣若游絲地如此說道。不過，似乎沒有人相信她說的話。

「哈哈……哎，總之——」

士道苦笑著拍了手轉換氣氛。

「這下子所有人都到齊了。告訴十香吧——這一年來我們身邊發生了什麼事。」

少女們聞言，同時點點頭。

於是，十香挪動視線望向每個人，輕輕清了一下喉嚨。

「那麼，我重新問候。」

接著露出燦爛的笑容繼續說：

「——大家，我回來了！」

◇

就這樣，人潮湧入包廂，十香的歡迎會就此展開。

居酒屋的包廂雖然略顯狹窄，此時此刻反而成了優點。因為肩碰肩擠在一起的這個狀況，反而更加歡樂好玩。

大家點好飲料，再次乾杯。

接下來就是自由時間。士道等人圍住十香，一個一個介紹這一年來身邊發生的大小事。

「什、什麼！那個艾蓮現在竟然是琴里她們的班導師！而且小珠還和神無月結婚了……！」

十香聽見令人驚愕的消息，雙眼圓睜並探出身子。不過，也不是不明白她的心情。假如士道聽到同樣的事，肯定也會回以類似的反應。

「沒錯沒錯，很吃驚吧——啊，聽說山吹那傢伙在畢業典禮那天跟隔壁班的岸和田表白，結果對方答應和她交往了喔。」

「喔喔……！真的嗎！太好了呢，亞衣！」

十香聽了士道說的話，猛然握起拳頭。山吹亞衣是士道等人的高中同學，和十香也頗要好。她好像偶爾會找十香商量戀愛的事，所以士道認為應該告訴十香她告白成功了。

說到這裡，士道當初只對亞衣、麻衣、美衣及其他同學解釋十香是基於家庭因素休學。下次有機會的話，再帶她去看那些同學吧。

「啊，對了對了。說到告白，真那在國中時還挺受歡迎的喔，一年被告白十次。」

緊接著，琴里捶了一下手心如此說道。「是喔！」十香露出閃閃發光的眼神，一副興味盎然的模樣。

「咦？是嗎？我也是第一次聽說這件事耶。」

士道也跟著起鬨。於是，真那有些尷尬地搔了搔臉頰。

「琴、琴里，現在就別提這件事了。」

「為什麼？這不是很值得炫耀嗎！」

十香天真無邪地說完，真那便一臉困擾地盤起胳膊。

於是，七罪補充：

「……十次好像有九次都是女生告白的樣子。」

「原、原來如此……」

士道苦笑著心想不意外。雖然身為哥哥的士道說出這種話有點不妥，但真那英挺的站姿、精悍的五官，又有男子氣概，具備好幾項受女生崇拜的要素。

「不、不過，其中一個是男生吧？」

「那個好像是小學生。」

「啊～～……」

「畢竟真那很帥氣嘛，受人崇拜也是在所難免。」

「哈哈……嗯，我就當作是誇獎了。」

聽了十香說的話，真那苦笑著聳了聳肩。

這時，大概是因為這個話題而想起新的消息，只見耶俱矢豎起食指說道：

「對了對了，我真的嚇了一跳。聽說美衣跟殿町最近開始交往了。」

「什麼……！是、是這樣嗎？那麼麻衣呢——」

十香再次驚愕得瞪大雙眼。

於是，這次換夕弦點頭回答她的問題：

「說明。聽說亞衣、麻衣、美衣現在也常常會一起出去玩，不過當亞衣和美衣去約會時，麻衣就會和大學朋友麻英出去玩。」

「麻英！那是誰？」

十香聽見陌生的名字，一臉困惑地皺起眉頭。

大概是覺得她的反應很有趣，耶俱矢和夕弦同時笑了笑。

……順帶一提，士道也是第一次聽到這個名字，所以和十香一樣有點驚訝。麻英。究竟是誰呢？

總之，之後也話題不斷，歡迎會沒完沒了地持續下去。

六喰剪髮、四糸乃和七罪姓氏大白、耶俱矢和夕弦想起過去的事、二亞重新與其他漫畫家開始交流，以及——平行世界的十香的事。

時間過再久也聊不完。

不過，這也是理所當然。

十香有滿肚子的話想跟大家說。

大家也有一大堆話想說給十香聽。

士道和大家就像想仔細填滿一年的空白期、想否定無法見面的時光般，將自己的經驗與十香分享。

——然後，不知道過了多久。

六喰與四糸乃等人有些睏倦，開始揉起眼睛的時候，二亞拍了手吸引大家的注意。

「好了好了，大家注意我這裡～～時間差不多了，我們結帳離開吧。」

大家停止談話，各自瞄了一眼時鐘。時間不知不覺間飛逝，已經將近晚上十點了。二亞她們倒也就罷了，這時間高中組差不多該回家了。

「嗯，也是。雖然還沒聊夠，還有明天嘛——」

當十香點頭說到這裡時，二亞勾起嘴角。

「嗯嗯～～？十香，妳在說什麼啊？誰說要散會啦～～？」

「唔……？什麼意思？」

「夜晚現在才開始呢～～！當然是移動到少年家續攤啊！在少年家，小六她們睡著了也沒問題！來比酒啊，看誰千杯不醉，到最後沒喝掛～～！通宵喝酒是大學生的特權耶！」

「喔、喔喔……！」

二亞宣言後，十香便冒著冷汗，雙眼圓睜。士道則是「啊哈哈」地苦笑。

「通宵可能太超過了，不過，難得有這個機會，去我們家完全沒問題喔。對吧，琴里？」

「是啊。不過，睡前可別忘記刷牙喔。」

琴里說完，閉起一隻眼。於是，瑪莉亞一臉無奈地望向二亞。

「應該說，竟然若無其事地把自己歸類為大學生，未免太厚臉皮了吧。」

「如果說通宵是大學生的特權，那經常通宵的漫畫家就某種意義而言也是大學生吧？」

二亞推了眼鏡論述。瑪莉亞翻白眼，並且嘆了口氣。

「哎，既然決定了就快點移動吧。麻煩結帳～～！」

二亞精神奕奕地呼喚店員結帳。士道一行人等她結完帳，再一起離開居酒屋。

順帶一提，剛才本來很闊綽地說「今天我請客」的二亞似乎把錢包忘在家裡，便淚眼汪汪地向琴里和瑪莉亞借錢。

「——呼～～已經一片漆黑了呢。」

士道仰望夜空，輕聲呢喃。被街燈照亮的天空只有稀疏的星星在閃爍。

「嗯，那我們走吧。」

「嗯，說得也是。」

「啊，我途中可以去一下便利商店嗎？我想買啤酒。」

「妳還喝得下啊，二亞……」

大家一邊聊天一邊走向五河家。

由於是從餐館林立的大馬路走向住宅區，燈光越來越少，蟲聲越來越響。

半路上。

「——對了。」

折紙想起什麼似的出聲說道。

「十香，妳接下來有什麼打算？」

「唔？不是要去士道家嗎？」

十香愣了一下，歪頭提問。「不是。」折紙接著說道：

「我是在問妳未來的出路。我記得妳應該是被當作高中休學。」

「啊～～……」

聽折紙這麼一說，士道搔了搔臉頰。其他少女也做出類似的反應。

「說得沒錯呢。如果正常復學，要從高中三年級讀起——」

「擔憂。沒有年紀相仿的朋友，感覺好孤單喔。」

「唔嗯。那妳要和妾身我們一起成為一年級生嗎？」

「和十香一起上高中……一定很開心。不過，這樣十香就要重讀了呢……」

說完，少女們各自做出思索的動作。

結果這時二亞舉起手：「聽我說、聽我說～～！」

「如果對未來出路感到迷惘，不如到我的工作室當伙食助手兼姿勢模特兒如何？薪水很豐厚喔～～」

聽見突如其來的招攬，所有人流下汗水。

不過，美九和狂三像是受到觸發，也開口邀請：

「咦咦～～！怎麼這麼詐～～！那妳也跟人家一起去美國嘛，美國！十香和人家組成的雙人組，一定能稱霸世界～～！英語的話，就利用顯現裝置的威脅機制來處理～～！」

「哎呀、哎呀。要不然來我這裡如何？基於世界意志而重生的存在……呵呵呵，我真是十分好奇呢。」

「唔，唔……？」

突然受到三方熱烈地邀請，十香一臉困惑地向後退。

於是，琴里依序戳了二亞、美九和狂三的腦袋。

「喂～～沒看到十香很困擾嗎？」

然後清了一下喉嚨，面向十香。

「我們也有考慮過這件事。可是，最重要的還是十香的意願。

——十香，妳想怎麼做？初始精靈雖然已經消失，但〈拉塔托斯克〉的理念沒有改變。我們會盡量幫助妳實現願望。」

「唔～～我……」

十香交抱雙臂煩惱。琴里微微聳肩，繼續說：

「不需要馬上決定，妳好好思考一下吧。」

「嗯……也對。我會好好思——」

就在這時——

一邊踏著緩慢的步伐一邊說話的十香走到河邊的林蔭大道時，突然停下腳步不說話。

「……？怎麼了，十香？」

「沒什麼——」

聽見四糸乃的提問，十香瞇起眼。其他人見狀，露出疑惑的表情。

「啊——」

不過，現場只有士道一人察覺到十香的表情所代表的含意。

沒錯，這條櫻花大道是以前十香與士道，以及另一名十香——天香曾經造訪的場所，充滿了回憶——

也是數日前，士道與十香重逢的命運般的場所。

不過，如今士道眼前已不見與當時同樣的光景。

當然是因為時節已過，並排於道路兩側的櫻花樹幾乎不剩幾朵花。

賞櫻時期有限。短短數日，櫻花已凋謝不少。

十香感慨萬千地嘆息道：

「這裡是櫻花大道。一到春天，景色如夢似幻。嗯……那算是我至今見過的景色中，數一數二的美景吧。」

「哎呀，是這樣嗎？」

「可是，好像已經凋謝了。真是可惜～」

「嗯……真可惜。如果我能早幾天回來，就能讓大家欣賞到那樣的美景了。」

「十香……」

十香有些遺憾地說道。士道對她輕輕搖頭說：

「妳在說什麼啊。以後賞花的機會多得是，明年、後年，都可以和大家一起──」

士道話音剛落，就在這時──

四周突然颳起一陣強風呼嘯而過。

「哇……！」

「呀……」

「我的眼睛！眼睛啊～～～！」

所有人不禁閉上雙眼，只有二亞的反應有點誇張。

經過幾秒，等風停息之後，士道才慢慢睜開眼睛。

「好強的風啊。大家沒事……」

就在這時，他不由得止住話語。

不過，這也是理所當然。

因為在士道閉上眼睛的短短數秒間，四周的光景完全變了樣。

「什麼──」

河邊並列的櫻花樹。

原本花朵凋謝，徒留枝葉的模樣。

──如今卻呈現盛開之姿。

「啥……！咦……！」

「哎呀、哎呀──」

「櫻花……？這、這是怎麼回事？」

少女們仰望被街燈與月光照亮的絢麗夜櫻，表情皆染上驚愕之色。

這也難怪。畢竟上一秒已凋零的櫻花，如今盛開得極美。四糸乃和六喰捏了臉頰，大概以為在作夢吧。二亞則是懷疑是酒精的影響，用力揉揉眼睛後確認其他人的反應。

「──喔喔──」

其中唯獨十香雖然一雙眼睛瞪得老大，卻還是奔向櫻花大道。

結果像在配合她的動作，又一次吹起一陣風，大量花瓣隨之飛舞，落英繽紛。

櫻花色的帷幕在黑夜中搖曳。

那光景著實美得令人目眩神迷。

「你們看！很漂亮吧！」

十香捧起櫻花花瓣撒向天空，笑容滿面地望向大家。

於是，一開始感到困惑的少女們也跟著一個一個奔向櫻花大道，沐浴在櫻花雨下。

「唔喔喔喔！吶喊！」

「競爭。夕弦才不會輸給妳。喝啊～～」

「啊！好詐！我也要！」

「……哈哈。」

士道看著那夢幻般的光景，感覺到喉嚨發出了笑聲。

這現象真是令人費解。如今初始精靈已從這個世界消失，如果不使用大規模的顯現裝置就不可能創造出這種風景。這異常的光景可說是十分離奇的現象。

不過，看在士道眼裡，他只認為這是祝福十香的溫柔奇蹟。

沒錯，簡直就像——

世界在歡迎十香回歸。

「——士道！琴里！我決定了！」

身穿粉紅薄紗的十香對站在櫻花大道入口處的士道和琴里說道。士道與琴里對看了一眼後，再次面向十香。

「決定什麼？」

「我未來的出路！我終於下定決心了！

不對……想必從我在這個世界再次獲得意志時！在這裡邂逅士道的那一瞬間起，就決定了！

我——」

然後十香——露出燦爛的笑容，說出她的選擇。

◇

數日後。

河邊的林蔭大道已經開始長出新芽，綠意盎然。那一夜盛開的櫻花彷彿一場夢境。

在風景截然不同的林蔭大道上——

「——好了，不快點的話要遲到嘍。今天是妳第一天去大學上課。」

「唔，抱歉。不過都怪你早餐做得太好吃了……沒想到明太子加九条蔥和麻油會那麼搭……端出那麼下飯的配菜，要人不多吃幾碗才是強人所難吧……」

「喂喂喂……那明天就不做那道菜了。」

「什麼！那、那可不行……！」

「……開玩笑的，別擺出一副世界末日的樣子啦。」

兩名大學生——

有說有笑地一路前行。

後記

好久不見，我是橘公司。短篇集的出版集數也終於來到二位數。為您獻上《約會大作戰DATE A LIVE 安可短篇集 10》，各位覺得如何呢？如果大家喜歡本書，將是我莫大的榮幸。

書封正如上一集所預告的，是六喰。本來還在猶豫是否該選擇剪髮後的版本，但考慮到時間線上多為剪髮前的故事，最後還是選擇長髮版本。搭配彩頁欣賞，簡直是一本書雙重享受。

新繪彩頁是我請老師想像她們二十二集後的日常生活所繪製出來的。「妳是！」「大學生的『我』！」這在社團肯定是被捧在掌心的公主吧。

說到狂三，《約會大作戰DATE A BULLET 赤黑新章》的動畫也終於公開！腳本竟然是東出老師新寫的！是非常用心製作出來的成品，請各位務必觀賞！

那麼，接下來就進行各章節的解說吧。內容會提及故事情節，請小心踩雷。

○朋友狂三

這個故事的概念是在本篇第二十集中，天香空間裡的故事。在一切圓滿收場的理想世界裡，狂三夢見了好友山打紗和。

我想寫一次狂三與紗和的故事，所以很高興能呈現在大家眼前。由於收錄在《DRAGON MAGAZINE》，便放在第一篇，不過就時間線來說，算是《精靈狼人殺》之後的故事。

○總裁十香

這篇是責編隨口一說「寫個十香當總裁的故事怎麼樣？」所誕生出的故事。起初還擔心不知如何下筆，想不到一日動筆後，寫得還滿完整的。

我喜歡戴墨鏡、披著大衣，宛如黑手黨老大的十香，也很中意自傳經營論《夜刀神十香　偉大的黃豆粉》這個書名。順帶一提，我在寫的時候，想像的是《烏龍派出所》兩津出手搞事業那一篇。

○重逢真那

這篇是真那與昔日好友重逢的故事。直覺靈敏的讀者或許已經察覺，在本篇第十八集中登場的真那的死黨穗村遙子，就是後來琴里的母親五河遙子，她的父親則是龍雄前輩。起因之一是《DRAGON MAGAZINE》再次刊登了〈雙親五河〉這篇短篇。我想說機會難得，乾脆讓他們再次登場，也想讓他們與真那重逢，便以這種形式呈現。

○精靈露營趣

基於「想看精靈們去畢業旅行！」這個理由而寫的故事。不過雪山去過了，無人島也去過了，該去哪裡呢？就去露營好了。

我喜歡大家和樂融融、吵吵鬧鬧的那張插畫。我還滿喜歡「發表各自製作的東西」這類型的故事，但因為人數太多，實在無法納入短篇的篇幅，只好分組比賽。折紙與七罪的技術能力到底能多高超！

○精靈狼人殺

露營第二天！可是下雨了，所以就來玩狼人殺吧。

本來還擔心以小說呈現狼人殺會好玩嗎，不過一開始設定卡片的身分後，接下來就依照每個角色的個性寫過程，寫得還滿順暢的，反而是決定誰要擔任什麼身分比較困難。狼的插畫很可愛。玩妖狐這個角色需要智慧，所以最後贏了的話心情會很爽快吧。各位可以玩看看。

○日後十香

這篇是本篇第二十二集後的故事。只有這篇的時間線和其他故事不同，是現實世界的故事。我自認為第二十二集的結局寫得再好不過了，但還是想看一下後來的故事吧。所以就稍微透露了第二十二集之後大家的狀況。短篇集就是有這種好處。

十香與大家重逢，以及十香以後的出路。祝大家前程似錦。

……這氣氛搞得好像《安可短篇集》也來到了最後一集，其實還會再持續一陣子。

《安可短篇集11》的書衣封面究竟會是誰呢？期待下集再相會！

二〇二〇年七月　橘　公司

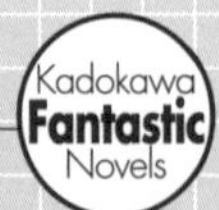

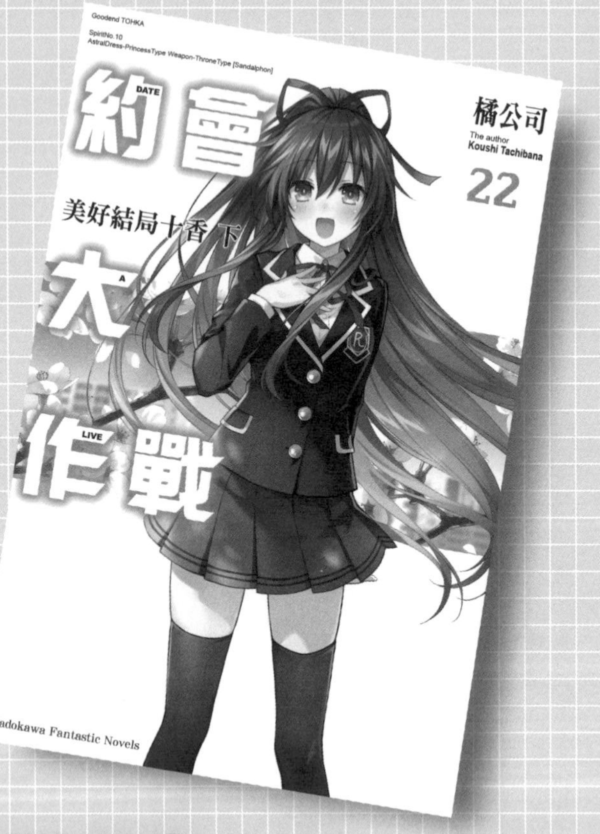

約會大作戰 1~22（完）

Kadokawa Fantastic Novels

作者：橘公司　插畫：つなこ

戰爭將再次碰上故事起始的命運之日——
新世代男女青春紀事即將完結！

在精靈本應消失的世界出現一名神祕的精靈〈野獸〉。五河士道賭上性命，嘗試與對自己表現出執著的神祕少女對話。曾經身為精靈的少女們也為了實現士道的決心，毅然決然齊聚戰場。與精靈約會，使她迷戀上自己——這便是過往累積至今的一切。

各 **NT$200~260/HK$55~87**

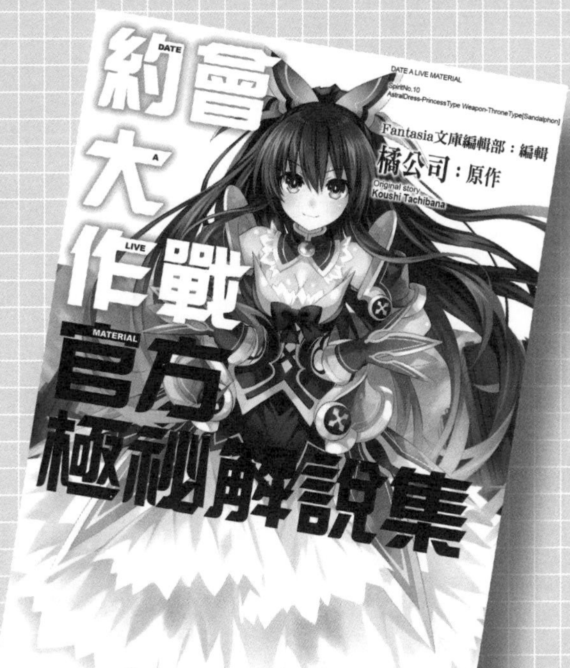

約會大作戰DATE A LIVE 官方極祕解說集

編輯：Fantasia文庫編輯部　原作：橘公司　插畫：つなこ

《約會大作戰》官方解說集登場！
各式檔案＆新故事＆創作祕辛滿載！

精靈們的能力值和天使設定，還有揭發少女祕密的隱私情報即將公開。徹底介紹登場角色，甚至是只有在短篇裡登場的人物！還有橘公司×つなこ對談等創作祕辛，更完整收錄第０集小故事等難以入手的三篇短篇，以及在本書才看得到的新創作小說！

NT$230/HK$70

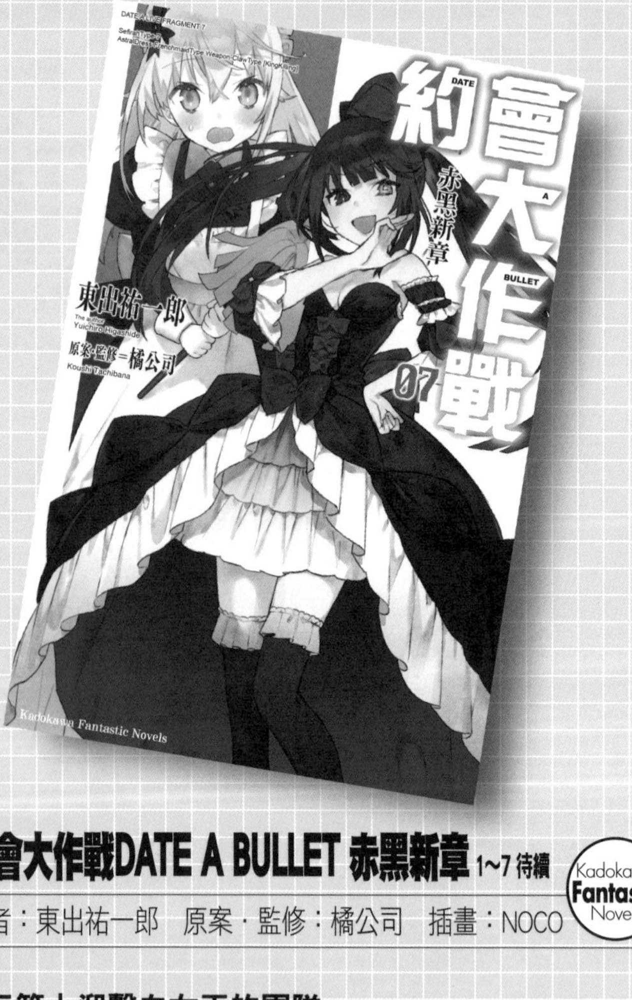

約會大作戰DATE A BULLET 赤黑新章 1~7 待續

Kadokawa Fantastic Novels

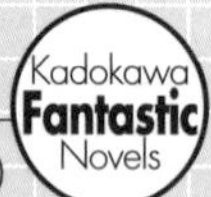

作者：東出祐一郎　原案·監修：橘公司　插畫：NOCO

狂三等人迎擊白女王的軍隊，
她們要如何救出變成敵人的響？

過去摯友的身影與白女王重疊。緋衣響被擄走。時崎狂三等人壓抑著內心五味雜陳的情緒，在第二領域迎擊白女王率領的軍隊。絕望的戰力差距導致狂三等人逐漸被逼入絕境。鄰界的命運交付在成為反派千金的狂三手上？好了——開始我們的決戰吧。

各 **NT$200~240/HK$67~80**

末日時在做什麼？
Do you have what THE END? May I meet you once again?
9
能不能再見一面？
Akira Kareno 枯野瑛
illustration ue
Kadokawa Fantastic Novels

末日時在做什麼？能不能再見一面？ 1~9 待續

作者：枯野 瑛　插畫：ue

過去憧憬的景色就近在眼前，
年幼的妖精兵陷入糾結——

擊敗三十九號懸浮島的〈最後之獸〉，替瀕臨滅亡的懸浮大陸群爭取了一段時間。如果想要守護世界，就必須驅逐將眾神囚禁在二號懸浮島的〈最後之獸〉；在最終決戰前，妖精兵們度過了一段短暫的日常生活——必須下定決心的時刻即將到來。

各 **NT$190~250/HK$58~83**

這是妳與我的最後戰場，或是開創世界的聖戰 1~10 待續

作者：細音 啓　插畫：猫鍋蒼

與八大使徒決裂的瞬間終於到來！
與此同時，涅比利斯皇廳也發生了一起變故——

伊思卡一行人在奪回遭到囚禁的第三公主希絲蓓爾之後，終於與天帝詠梅倫根碰面，並且決定返回帝都。為了取回被天帝挾為人質的燐，也為了追求「一百年前的真相」，伊思卡一行人快馬加鞭地前往帝都，但企圖隱蔽真相的八大使徒卻阻攔在前——

各 **NT$200~240/HK$67~80**

幼女戰記 1~12 待續

作者：カルロ·ゼン　插畫：篠月しのぶ

世界啊，刮目相看吧！膽顫心驚吧！
我——正是萬惡淵藪。

歷經愛國心的潰壞，以及殘酷現實的擁抱，傑圖亞正試圖架構一個成為「世界公敵」的舞台。比起語言、比起理性，單純地帶給世界衝擊。身為連逃奔死亡也做不到的參謀本部負責人，傑圖亞所圖的，是「最好的敗北」……

各 **NT$260~360/HK$78~110**

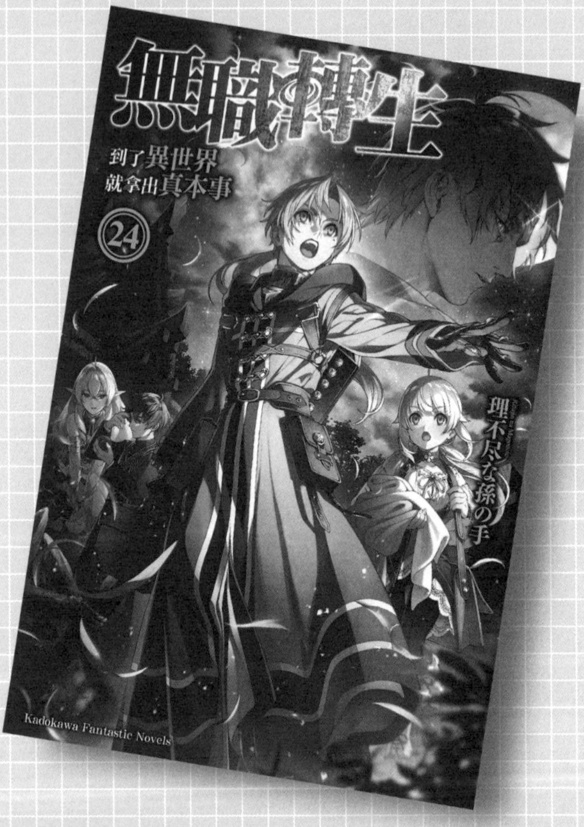

無職轉生~到了異世界就拿出真本事~ 1~24 待續

作者：理不尽な孫の手　插畫：シロタカ

魯迪烏斯前往畢黑利爾王國，
與久違十數年的瑞傑路德重逢！

魯迪烏斯來到伊雷爾南邊的某座村落，儘管路途中遇上些許麻煩，依然在睽違十幾年後順利與瑞傑路德重逢。然而，瑞傑路德的回應卻出乎魯迪烏斯的意料……！伴隨著預感在腦中一隅所湧起的不安，將隨著瑞傑路德的話語轉變為現實——？

各 **NT$250~270/HK$75~90**

關於我轉生變成史萊姆這檔事 1~15 待續

作者：伏瀬　插畫：みっつばー

魔國聯邦與東方帝國的最終決戰即將開戰！
超人氣魔物轉生記，揭穿真相的第十五集！

與「灼熱龍」維爾格琳激戰的最後，盟友維爾德拉落入敵人手中！這項事實令利姆路震怒。於是，他下達命令——將敵人消滅殆盡。為此，他甚至讓惡魔們大量進化！魔國聯邦與東方帝國的最終決戰即將揭幕。並且，為了拯救維爾德拉，利姆路也將進化——

各 **NT$250~340/HK$75~113**

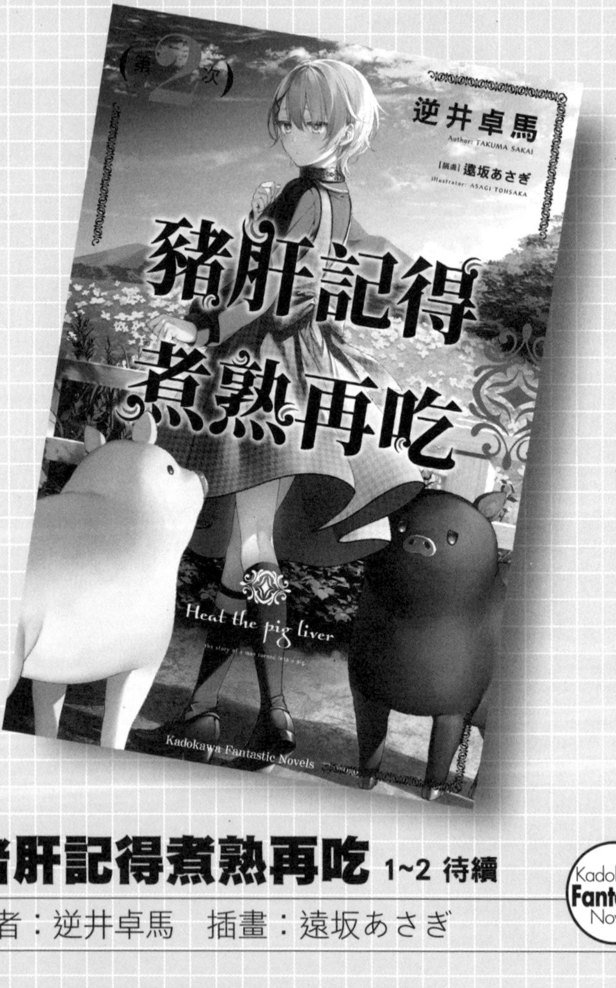

豬肝記得煮熟再吃 1~2 待續

Kadokawa Fantastic Novels

作者：逆井卓馬　插畫：遠坂あさぎ

作為一隻豬再次造訪劍與魔法的國度！
最重要的少女卻不見蹤影……？

在我稍微離開的期間，聽說黑社會的傢伙造反王朝，目前情勢似乎很緊張。而我……我才沒有無法克制自己地想見到潔絲呢。而在這種局面中奮戰的型男獵人諾特，試圖拯救被迫背負殘酷命運的耶穌瑪們。王朝、黑社會、解放軍——三方間的衝突一觸即發！

各 **NT$220/HK$73**

魔王學院的不適任者~史上最強的魔王始祖，轉生就讀子孫們的學校~ 1~6 待續

作者：秋　插畫：しずまよしのり

不知是偶然還是某種因果，
究竟是真實還是謊言——

為了回想起轉生時缺失的記憶，阿諾斯潛入自己的過去。夢中的自己比現在稍微稚嫩且不成熟，但是為了守護重要的妹妹挺身而戰。與此同時，阿諾斯來到神龍國「吉歐路達盧」，統治該國的教宗戈盧羅亞那卻宣稱亞露卡娜是創造神米里狄亞的轉生！

各 **NT$250~320/HK$83~107**

國家圖書館出版品預行編目資料

約會大作戰DATE A LIVE安可短篇集/橘公司作 ；Q太郎譯. -- 初版. -- 臺北市：臺灣角川股份有限公司, 2022.01-

冊； 公分. -- (Kadokawa fantastic novels)

譯自：デート・ア・ライブ アンコール

ISBN 978-626-321-104-9(第10冊：平裝)

861.57 110018992

Kadokawa
Fantastic
Novels

約會大作戰DATE A LIVE 安可短篇集 10

（原著名：デート・ア・ライブ　アンコール10）

2022年1月24日　初版第1刷發行
2023年6月7日　初版第2刷發行

作者：橘公司
插畫：つなこ
譯者：Q太郎

發行人：岩崎剛人
總編輯：蔡佩芬
編輯：孫千棻
美術設計：吳佳昫
印務：李明修（主任）、張加恩（主任）、張凱棋

發行所：台灣角川股份有限公司
地址：104台北市中山區松江路223號3樓
電話：（02）2515-3000
傳真：（02）2515-0033
網址：www.kadokawa.com.tw
劃撥帳戶：台灣角川股份有限公司
劃撥帳號：19487412
法律顧問：有澤法律事務所
製版：巨茂科技印刷有限公司
ISBN：978-626-321-104-9